AF591708

DEUXIÈME ACTION

DE CICÉRON

CONTRE VERRÈS

SUR LES SUPPLICES

DE L'IMPRIMERIE DE CRAPELET
RUE DE VAUGIRARD, 9

DEUXIÈME ACTION
DE CICÉRON
CONTRE VERRÈS
SUR LES SUPPLICES

AVEC

LA TRADUCTION FRANÇAISE DE GUEROULT

ANNOTÉE

PAR M. O. DUPONT

PROFESSEUR AU COLLÉGE ROYAL DE HENRI IV

PARIS

LIBRAIRIE DE L. HACHETTE

RUE PIERRE-SARRAZIN, N° 12

1846

ARGUMENT ANALYTIQUE.

Les supplices, auxquels furent livrés par Verrès les commandants de la flotte de Sicile et plusieurs citoyens romains, ont fait donner le nom de *de Suppliciis*, à ce cinquième et dernier discours de Cicéron contre Verrès. Il partage en quatre chefs l'examen de la conduite du préteur : 1° au sujet de la guerre des esclaves ; 2° à propos de la guerre des pirates ; 3° à l'égard du capitaine de la flotte ; 4° envers les citoyens romains.

I. — Exorde insinuant. — L'orateur prodigue l'ironie à l'accusé sur les prétendus talents militaires que veut opposer la défense.

II. — Première partie. — Il accepte ce terrain ; mais dans quelle guerre s'est signalé Verrès ? dans la guerre des esclaves ?

III. — Les esclaves n'ont pas pénétré en Sicile ; les précautions y avaient été si bien prises avant Verrès, que toute arme leur est interdite.

IV. — Pourtant, il y a eu quelque mouvement. Oui, Verrès a fait arrêter, juger et condamner les esclaves de Léonidas.

V. — Attachés au poteau, il les a délivrés et rendus à leur maître.

VI. — Par une apostrophe accablante, l'orateur demande à l'accusé quel a été le prix d'une telle complaisance pour Léonidas et pour d'autres.

VII. — Pourquoi tant de sévérité à l'égard d'Apollonius, auquel il réclame un esclave qui n'a jamais existé ?

VIII. — Voilà comme il éteint cette guerre : il châtie les maîtres, et il délivre les esclaves.

IX. — Après six mois de captivité, subitement, sans motif ni procédure, Apollonius est relâché. Combien a-t-il payé à Verrès son élargissement ?

X. — L'orateur énumère les talents militaires du préteur ; ses marches sont des promenades en litière ;

XI. — Ses travaux sont des rapines ; ses passe-temps, des débauches ; ses victoires se remportent la coupe à la main.

XII. — Il dresse sa tente dans les bosquets de Syracuse ; il tien conseil parmi ses maîtresses.

XIII. — Voilà ses talents, ses exploits ; heureux encore les Siciliens, quand il s'abstient de rendre la justice !

XIV. — L'orateur connaît les devoirs d'un magistrat ; il croit les avoir remplis dans sa questure.

XV. — Verrès a-t-il songé, lui, aux obligations qu'impose le choix de la république ?

XVI. — Il n'a rien fait contre les esclaves ; le Sénat ne l'a pas même cru capable de repousser le danger, s'il s'était offert.

XVII. — Deuxième partie. — Mais, du moins, s'est-il préparé contre les pirates ? Dans l'équipement de la flotte, il n'a vu qu'une occasion de rapine.

XVIII. — Il a dispensé Messine de ses contributions, moyennant un navire qu'il s'est fait adjuger.

XIX. — Il a accablé d'une charge nouvelle les Taurominiens.

XX. — Les Mamertins, malgré le besoin des temps, ont été dispensés de rien fournir, toujours au profit de Verrès.

XXI. — Les autres villes ont dû payer, en plus, la redevance que n'ont pas acquittée les Mamertins.

XXII. — Admettra-t-on à défendre l'accusé les Mamertins qu'il s'est achetés ?

XXIII. — Ce vaisseau, prix de sa connivence, n'a servi qu'à transporter à Messine le butin fait sur la Sicile.

XXIV. — L'argent fourni par les villes pour l'approvisionnement des navires est devenu sa proie.

XXV. — Il a vendu à des matelots leur congé, au moment de la terreur des pirates.

XXVI. — On trouve un vaisseau désarmé, qu'on amène. On s'attend à voir le chef ; personne ne l'aperçoit.

XXVII. — Qu'est-il devenu ? nul ne le sait. Verrès prétend avoir enfermé cet homme terrible chez les paisibles Centorbiens.

XXVIII. — Il réserve parmi les prisonniers ceux qui ont du talent ou de la figure ; il supplicie à leur place des citoyens romains.

XXIX. — On redemande aujourd'hui ce chef à Verrès ; il en offre deux : il avait prévu l'accusation.

XXX. — Il se sent coupable, et Syracuse proclame que le chef a payé son évasion et qu'un autre lui a été substitué.

XXXI. — Pour garder en paix la femme de Cléomène, Verrès l'a nommé amiral, lui, un Syracusain !

XXXII. — Combien est odieux ce pouvoir étendu remis aux mains d'un vaincu !

XXXIII. — Cléomène part : il se plonge dans les délices ; l'équipage incomplet meurt de faim.

XXXIV. — L'ennemi paraît : la flotte veut combattre, mais Cléomène l'entraîne dans sa fuite.

XXXV. — Ne rencontrant plus d'obstacle, les pirates n'ont qu'à brûler la flotte.

XXXVI. — On cherche le préteur ; il dort, et l'on n'ose l'éveiller ; il paraît, et la populace l'accable d'insultes.

XXXVII. — Cependant les pirates visitent à leur aise Syracuse, dont ils font le tour.

XXXVIII. — Quelle indignité ! cette noble ville, par la faute d'un infâme, est devenue la proie des brigands.

XXXIX. — TROISIÈME PARTIE. — L'indignation publique se soulève en Sicile ; Verrès implore des capitaines de vaisseau le silence sur l'état de la flotte.

XL — Pourtant il les redoute encore ; il songe à s'en défaire, tout en épargnant Cléomène, en faveur de Nicé.

XLI. — Les capitaines comparaissent, ils voient Cléomène siégeant parmi leurs juges.

XLII. — En vain les parents des accusés les réclament ; malheur à qui prononcerait le nom de Cléomène !

XLIII. — Les capitaines se taisent par peur ; Furius seul ose dire ce qu'il pense de ce juge inique.

XLIV. — Ils sont condamnés ! Verrès n'est plus un coupable ordinaire : c'est le plus cruel, le plus effronté des tyrans.

XLV. — Les victimes attendent la mort ; leurs parents doivent acheter au bourreau les adieux, la faveur du dernier coup, la sépulture de leurs enfants.

XLVI. — Mais un des capitaines a été soustrait au supplice ; l'orateur va le confronter avec Verrès.

XLVII. — Voilà la récompense des services de nos alliés ; les chefs de leurs villes sont mis à mort.

XLVIII. — Le tribunal qui va juger Verrès sera donc leur seule ressource.

XLIX. — Les plaignants ne réclament pas leurs biens ; ils demandent vengeance du sang de leurs enfants versé par le préteur.

L. — L'orateur récapitule ici les crimes de Verrès ; il l'accable de la peinture de ses forfaits.

LI. — Qu'il échappe, s'il peut, à ce dilemme : nier les griefs qu'on lui oppose, ce sera se laisser confondre par l'évidence ; ne pas nier, ce ne sera pas répondre.

LII. — Par une touchante prosopopée, Cicéron fait apparaître le père de l'accusé venant lui reprocher ses turpitudes.

LIII. — L'orateur se résume et va aborder la charge la plus grave, la plus accablante.

LIV. — QUATRIÈME PARTIE. — Servilius, chevalier romain, a parlé des vols de Verrès ; il meurt sous le fer des bourreaux.

LV. — Les citoyens de Rome sont allés, sous sa préture, peupler les carrières de Denys le tyran.

LVI. — Le soupçon de richesses était auprès de lui un crime suffisant.

LVII. — Quand la prison regorgeait de victimes, on les égorgeait pour faire place à d'autres.

LVIII. — Y a-t-il une justification possible à de pareils forfaits ? Excuser Verrès, c'est l'accabler.

LIX. — Qu'a-t-il fait de tant de citoyens ? qu'a-t-il fait d'Hérennius ?

LX. — La hache est restée levée en permanence sous sa préture ; la Sicile a été le théâtre où s'est jouée sa cruauté.

LXI. — Gavius a été jeté aux carrières et s'est échappé. Il a le tort de parler de la cruauté du préteur ;

LXII. — Il est battu de verges et mis en croix ; son titre de citoyen, qu'il invoquait, ne l'a pu sauver.

LXIII. — Un citoyen romain mis en croix ! c'est un attentat contre la république, et les témoins sont là pour le prouver.

LXIV. — L'accusé avoue : mais il ne le connaissait pas, dit-il ! Ne devait-il pas attendre jusqu' plus ample information ?

LXV. — Quelle sera désormais la sauvegarde des citoyens, si, à quelques milles de Rome, on ne respecte plus leur nom ?

LXVI. — La croix a été dressée en face de l'Italie, comme pour braver la république ; la majesté du peuple est lésée.

LXVII. — Ce n'est plus l'accusateur, c'est tout ce qui porte le nom de Romain qui réclame le châtiment du coupable.

LXVIII. — Que les juges, que le défenseur prennent garde à ce qu'ils vont dire ! qu'ils ne se souillent pas, l'un en justifiant, les autres en absolvant le coupable.

LXIX. — L'accusé a cru pouvoir corrompre la justice, mais sa folle espérance sera déjouée.

LXX. — Pour l'orateur, s'il amasse sur lui de puissantes inimitiés, que lui importe ? il aura fait son devoir.

LXXI. — Son rôle d'accusateur sera terminé quand le coupable sera puni, quand justice sera rendue aux Siciliens.

LXXII. — Enfin, par une solennelle imprécation, Cicéron appelle la vengeance des dieux sur l'homme impie qui n'a pas même respecté leurs temples.

ORATIO

IN VERREM

DE SUPPLICIIS[1].

EXORDIUM.

I. 1. Nemini video dubium esse, judices, quin apertissime C. Verres in Sicilia sacra profanaque omnia et privatim et publice spoliarit, versatusque sit sine ulla non modo religione, verum etiam dissimulatione, in omni genere furandi atque prædandi. Sed quædam mihi magnifica et præclara ejus defensio ostenditur; cui quemadmodum resistam, multo mihi ante est, judices, providendum. Ita enim causa constituitur, provinciam Siciliam virtute ejus et vigilantia singulari, dubiis formidolosisque temporibus, a fugitivis atque a belli periculis tutam esse servatam.

2. Quid agam, judices? Quo accusationis meæ rationem conferam? Quo me vertam? Ad omnes enim meos impetus, quasi murus quidam, boni nomen imperatoris opponitur. Novi locum; video ubi se jactaturus sit Hortensius. Belli pericula, tempora reipublicæ, imperatorum penuriam commemorabit : tum deprecabitur a vobis, tum etiam pro suo jure contendet[2], ne patiamini talem imperatorem populo romano Siculorum testimoniis eripi; neve obteri laudem imperatoriam criminibus avaritiæ velitis.

3. Non possum dissimulare, judices : timeo ne C. Verres, propter hanc virtutem eximiam in re militari, omnia quæ fecit, impune fecerit. Venit enim mihi in mentem, in judicio M'. Aquilii[3] quantum auctoritatis, quantum momenti oratio M. Antonii habuisse existimata sit; qui, ut erat in dicendo non solum sapiens, sed etiam fortis, causa prope perorata, ipse arripuit

DISCOURS
CONTRE VERRÈS
SUR LES SUPPLICES.

EXORDE.

I. 1. Juges, je ne vois personne parmi vous qui ne soit convaincu que Verrès a dépouillé ouvertement dans la Sicile tous les édifices, tant sacrés que profanes, tant publics que privés, et que, sans pudeur comme sans remords, il s'est rendu coupable de tous les genres de vol et de brigandage. Mais on m'annonce pour sa défense un moyen imposant, merveilleux, auquel je ne puis répondre qu'après avoir mûrement réfléchi. On se propose de prouver que, dans les circonstances les plus difficiles et les plus effrayantes, sa valeur et sa rare vigilance ont préservé la Sicile des dangers de la guerre et de la fureur des esclaves révoltés.

2. Que faire? de quel côté diriger mes efforts? A toutes mes attaques on oppose, comme un mur d'airain, le titre de grand général. Je connais ce lieu commun : je vois la carrière qui s'ouvre à l'éloquence d'Hortensius. Il vous peindra les périls de la guerre et les malheurs de la république ; il parlera de la disette des bons généraux; puis, implorant votre clémence, que dis-je? réclamant votre justice, il vous conjurera de ne pas souffrir qu'un tel général soit sacrifié à des Siciliens, et de ne pas vouloir que de si beaux lauriers soient flétris par des allégations d'avarice.

3. Je ne peux le dissimuler, j'appréhende que ses talents militaires n'assurent à Verrès l'impunité de tous ses forfaits. Je me rappelle l'effet prodigieux que produisit le discours d'Antonius dans le procès d'Aquilius. Après avoir développé les moyens de sa cause, cet orateur, qui joignait à la plus pressante logique l'impétuosité des mouvements les plus passionnés, saisit lui-même Aquilius ; il l'offrit aux regards de l'assemblée, et lui déchirant sa tunique, il fit

M'. Aquilium, constituitque in conspectu omnium, tunicamque ejus a pectore abscidit, ut cicatrices populus romanus judicesque adspicerent adverso corpore exceptas; simul et de illo vulnere, quod ille in capite ab hostium duce acceperat, multa dixit; eoque adduxit eos qui erant judicaturi, vehementer ut vererentur ne, quem virum fortuna ex hostium telis eripuisset, quum sibi ipse non pepercisset, hic non ad populi romani laudem, sed ad judicum crudelitatem videretur esse servatus. Hæc eadem nunc ab illis defensionis ratio, viaque tentatur : idem quæritur. Sit fur, sit sacrilegus, sit flagitiorum omnium vitiorumque princeps : at est bonus imperator, et felix, et ad dubia reipublicæ tempora reservandus.

PROPOSITIO.

II. 4. Non agam summo jure tecum; non dicam (id quod debeam forsitan obtinere), quum judicium certa lege[1] sit constitutum, non quid in re militari fortiter feceris, sed quemadmodum manus ab alienis pecuniis abstinueris, abs te doceri oportere. Non, inquam, sic agam : sed ita quæram, quemadmodum te velle intelligo, quæ tua opera et quanta fuerit in bello.

CONTENTIONIS PRIMA PARS.

DE BELLO FUGITIVORUM.

5. Quid dices? An bello fugitivorum Siciliam virtute tua liberatam? magna laus, honesta oratio. Sed tamen quo bello? nos enim, post id bellum quod M'. Aquilius confecit, sic accepimus, nullum in Sicilia fugitivorum bellum fuisse. At in Italia fuit : fateor[2], et magnum quidem ac vehemens. Num igitur ex eo bello partem aliquam laudis appetere conaris? Num tibi illius victoriæ gloriam cum M. Crasso aut Cn. Pompeio[3] communicandam putas? non arbitror hoc etiam deesse tuæ impudentiæ, ut quidquam ejusmodi dicere audeas. Obstitisti videlicet ne ex Italia transire in Siciliam fugitivorum copiæ possent : ubi? quando? qua ex parte? quum aut navibus aut ratibus

voir au peuple romain et aux juges les nobles cicatrices dont sa poitrine était couverte ; mais surtout il déploya toutes les forces de son éloquence, en leur montrant le coup terrible que le chef des rebelles avait frappé sur la tête de ce brave guerrier. Telle fut l'impression de ce discours sur tous ceux qui devaient prononcer dans la cause, qu'ils craignirent que la fortune, en arrachant ce généreux citoyen à la mort qu'il avait affrontée avec tant d'intrépidité, ne semblât avoir conservé une victime à la rigueur impitoyable des juges. Mes adversaires veulent essayer aujourd'hui le même moyen : ils vont suivre la même marche; ils tendent au même but. Que Verrès soit un brigand, qu'il soit un sacrilége, un monstre souillé de tous les crimes, flétri de tous les vices; ils l'accordent. Mais, disent-ils, c'est un grand général, c'est un guerrier heureux, un héros qu'il faut réserver pour les besoins de la république.

PROPOSITION.

II. 4. Avec vous, Verrès, je ne procéderai pas à la rigueur : je ne dirai pas, quoique peut-être je m'en dusse tenir à ce seul point, que, l'objet de la cause étant déterminé par la loi, il ne s'agit pas de nous entretenir de vos exploits guerriers, mais qu'il faut prouver que vos mains sont pures. Non, ce n'est pas ainsi que je veux en user; je me prêterai à vos désirs, et je chercherai quels sont donc ces éminents services que vous avez rendus dans la guerre.

PREMIÈRE PARTIE DE LA DISCUSSION.

DE LA GUERRE DES ESCLAVES FUGITIFS.

5. Direz-vous que, par votre valeur, la Sicile a été délivrée de la guerre des esclaves? rien de plus glorieux sans doute, rien de plus honorable. Cependant de quelle guerre parlez-vous? car nous savons que, depuis la victoire d'Aquilius, il n'a existé aucune guerre d'esclaves en Sicile. Mais il y en avait une en Italie; cela est vrai, et même une très-vive et très-sanglante. Prétendez-vous en tirer quelque honneur, et vous associer à la gloire de Crassus et de Pompée? Une telle impudence de votre part ne m'étonnerait pas. Peut-être avez-vous empêché les révoltés de passer d'Italie en Sicile? En quel lieu? dans quel temps? de quel côté? lorsqu'ils se disposaient à le faire sur des vaisseaux ou sur des radeaux? car rien de tout cela

conarentur accedere? nos enim nihil unquam prorsus audivimus: et illud audivimus, M. Crassi fortissimi viri virtute consilioque factum ne, ratibus conjunctis, freto fugitivi ad Messanam transire possent : a quo illi conatu non tantopere prohibendi fuissent, si ulla in Sicilia præsidia ad illorum adventum opposita putarentur.

III. 6. At quum esset in Italia bellum tam prope a Sicilia, tamen in Sicilia non fuit. Quid mirum? ne quum in Sicilia quidem fuit, eodem intervallo, pars ejus belli in Italiam ulla pervasit. Etenim propinquitas locorum ad utram partem hoc loco profertur? utrum aditum facilem hostibus, an contagionem imitandi ejus belli periculosam fuisse? Aditus omnis hominibus sine ulla facultate navium non modo disjunctus, sed etiam clausus fuit : ut illis, quibus Siciliam propinquam fuisse dicis, facilius fuerit ad Oceanum pervenire, quam ad Peloridem[1] accedere.

7. Contagio autem ista servilis belli, cur abs te potius quam ab iis omnibus qui ceteras provincias obtinuerunt, prædicatur? An quod in Sicilia jam ante bella fugitivorum fuerunt? At ea ipsa causa est cur ista provincia minimo in periculo sit et fuerit : nam posteaquam illinc M'. Aquilius decessit, omnium instituta atque edicta prætorum fuerunt ejusmodi, ut ne quis cum telo servus esset. Vetus est quod dicam, et propter severitatem exempli nemini fortasse vestrum inauditum: L. Domitium prætorem in Sicilia, quum aper ingens ad eum allatus esset, admiratum requisisse quis eum percussisset; quum audisset pastorem cujusdam fuisse, eum ad se vocari jussisse; illum cupide ad prætorem, quasi ad laudem atque ad præmium, accurrisse; quæsisse Domitium, qui tantam bestiam percussisset; illum respondisse, venabulo; statim deinde jussu prætoris in crucem esse sublatum. Durum hoc fortasse videatur; neque ego ullam in partem disputo : tantum intelligo maluisse Domitium crudelem in animadvertendo, quam in prætermittendo dissolutum, videri.

IV. 8. Ergo his institutis provinciæ, jam tum, quum bello fugitivorum tota Italia arderet, homo non acerrimus nec fortissimus, C. Norbanus in summo otio fuit. Perfacile enim sese

n'est parvenu jusqu'à nous : ce qu'on nous a dit, c'est que la prudence et l'activité de Crassus les empêchèrent de passer à Messine sur les radeaux qu'ils avaient rassemblés. Cette tentative n'eût pas donné autant d'inquiétude, si l'on eût pensé qu'il y avait alors en Sicile des forces suffisantes pour s'opposer à la descente des rebelles.

III. 6. Mais, dites-vous, on faisait la guerre en Italie, et la Sicile, qui en est si voisine, a toujours été en paix. Qu'y a-t-il d'étonnant? On a fait aussi la guerre en Sicile, sans que la paix ait été troublée en Italie : la distance est pourtant la même. Dans quelle intention alléguez-vous la proximité? prétendez-vous que l'accès était facile, ou que la contagion de l'exemple était à craindre? D'abord les révoltés n'avaient point de vaisseaux : ainsi, non-seulement ils étaient séparés de la Sicile, mais le passage même leur était absolument fermé; en sorte que, malgré cette proximité dont vous parlez, il aurait été plus facile pour eux d'arriver par terre aux rivages de l'Océan que d'aborder à Pélore.

7. Quant à la contagion de l'exemple, pourquoi vous prévaloir de cette raison plutôt que tous ceux qui gouvernaient les autres provinces? Serait-ce parce que les esclaves avaient déjà fait la guerre en Sicile? Mais la Sicile, par cette raison même, était, comme elle l'est encore, à l'abri de tout danger; car depuis que M'. Aquilius en est sorti, tous les édits, toutes les ordonnances des préteurs ont constamment défendu aux esclaves de porter des armes. Je vais citer un fait assez ancien, et qui, vu la sévérité de cet exemple, n'est peut-être ignoré d'aucun de vous. On avait apporté un sanglier énorme à L. Domitius, préteur en Sicile. Surpris de la grosseur de cet animal, il demanda qui l'avait tué. On lui nomma le berger d'un Sicilien. Il ordonna qu'on le fît venir. Le berger accourt, s'attendant à des éloges et à des récompenses. Domitius lui demande comment il a tué cette bête formidable. Avec un épieu, répond-il. A l'instant le préteur le fit mettre en croix. Peut-être cet ordre vous semblera plus que sévère. Je ne prétends ni le blâmer ni le justifier; tout ce que je veux y voir, c'est que Domitius aima mieux paraître cruel en punissant, que trop relâché en pardonnant cette infraction de la loi.

IV. 8. Grâce à ces règlements, C. Norbanus, qu'on ne citera pas comme le plus actif et le plus brave des hommes, a joui d'une tranquillité parfaite pendant que le feu de la guerre embrasait l'Italie.

Sicilia tuebatur, ne quod in ipsa bellum posset existere. Etenim quum nihil tam conjunctum sit quam negotiatores nostri cum Siculis, usu, re, ratione, concordia, et quum ipsi Siculi res suas ita constitutas habeant ut his pacem expediat esse; imperium autem populi romani sic diligant ut id imminui aut commutari minime velint; quumque hæc ab servorum bello pericula et prætorum institutis, et dominorum disciplina, provisa sint, nullum est malum domesticum quod ex ipsa provincia nasci possit.

9. Quid igitur? Nulline motus in Sicilia servorum, Verre prætore? Nullæne consensiones factæ esse dicuntur? Nihil sane quod ad senatum populumque romanum pervenerit, nihil quod iste Romam publice conscripserit : et tamen cœptum esse in Sicilia moveri aliquot locis servitium suspicor. Id adeo non tam ex re quam ex istius factis decretisque cognosco. Ac videte quam non inimico animo sim acturus : ego ipse hæc quæ ille quærit, quæ adhuc nunquam audistis, commemorabo et proferam. In Triocalino, quem locum fugitivi jam ante tenuerunt, Leonidæ cujusdam Siculi familia in suspicionem vocata est conjurationis. Res delata ad istum. Statim, ut par fuit, jussu ejus homines qui nominati erant, comprehensi sunt adductique Lilybæum. Domino denuntiatum est; causa dicta damnati sunt.

V. 10. Quid deinde? Quid censetis? Furtum fortasse aut prædam exspectatis aliquam. Nolite usquequaque eadem quærere. In metu belli, furandi qui locus potest esse? Etiam si qua fuit in hac re occasio, prætermissa est. Tum potuit a Leonida nummorum aliquid auferre, quum denuntiavit ut adesset fuit nundinatio aliqua, et isti non nova, ne causam diceret ; etiam alter locus ut absolverentur. Damnatis quidem servis, quæ prædandi potest esse ratio? Produci ad supplicium necesse est : testes enim sunt, qui in consilio fuerunt; testes, publicæ tabulæ; testis, splendidissima civitas Lilybætana; testis, honestissimus maximusque conventus civium romanorum; nihil potest : producendi sunt. Itaque producuntur, et ad palum alligantur.

11. Etiam nunc mihi exspectare videmini, judices, quid deinde factum sit; quod iste nihil unquam fecit sine aliquo

En effet, la Sicile a chez elle tout ce qui peut la garantir de ces fatales explosions : l'union la plus intime règne entre nos commerçants et ceux de cette île ; l'habitude, l'intérêt, les affaires, la conformité des sentiments, tout les rapproche. Dans leur situation présente, les Siciliens trouvent leur avantage personnel dans le repos général : attachés de cœur au gouvernement romain, ils seraient fâchés d'y voir porter atteinte, ou de passer sous d'autres lois. Enfin les ordonnances des préteurs et la vigilance des maîtres s'accordent pour prévenir toute espèce de désordres. Il est donc impossible qu'on voie éclater une révolte dans cette province.

9. Quoi donc ! n'y a-t-il eu sous la préture de Verrès aucun mouvement, aucun soulèvement d'esclaves en Sicile ? Non, aucun du moins qui soit parvenu à la connaissance du sénat et du peuple romain ; aucun dont il ait informé le gouvernement. Toutefois je soupçonne qu'il y a eu quelque part un commencement de fermentation. Je le conjecture d'après les ordonnances et les arrêtés du préteur. Voyez jusqu'où va ma générosité : moi-même, son accusateur, je vais révéler des faits qu'il cherche, et dont vous n'avez jamais entendu parler. Dans le territoire de Triocala, qui fut autrefois occupé par les révoltés, les esclaves d'un Sicilien nommé Léonidas furent soupçonnés de conspiration. On les dénonça. Fidèle à son devoir, Verrès les fait arrêter et conduire aussitôt à Lilybée. Le maître est assigné ; on instruit le procès ; ils sont condamnés.

V. 10. Ici, vous attendez quelque vol, quelque nouvelle rapine. Eh quoi ! partout les mêmes répétitions ? Dans un moment de guerre et d'alarme, songe-t-on à voler ? D'ailleurs, si l'occasion s'en est présentée, Verrès n'en a pas profité. Il pouvait tirer quelque argent de Léonidas, lorsqu'il l'avait assigné devant son tribunal. Il pouvait, et ce n'eût pas été la première fois, composer avec lui pour le dispenser de comparaître. Il pouvait encore se faire payer pour absoudre les esclaves ; mais les voilà condamnés : quel moyen de rien extorquer ? Il faut de toute nécessité qu'ils soient exécutés : les assesseurs de Verrès connaissent l'arrêt ; il est consigné dans les registres publics ; toute la ville en est instruite ; un corps nombreux et respectable de citoyens romains en est témoin. Il n'est plus possible, il faut qu'ils soient conduits au supplice. On les y conduit ; on les attache au poteau.

11. Il me semble qu'à présent encore vous attendez le dénoûment de cette scène. Il est vrai que Verrès ne fit jamais rien sans intérêt,

quæstu atque præda. Quid in ejusmodi re fieri potuit? Quod commodum est? Exspectate facinus quam vultis improbum; vincam tamen exspectationem omnium. Nomine sceleris conjurationisque damnati, ad supplicium traditi, ad palum alligati, repente, multis millibus hominum inspectantibus, soluti sunt et Leonidæ illi domino redditi. Quid hoc loco potes dicere, homo amentissime? nisi id quod ego non quæro; quod denique in re tam nefaria, tametsi dubitari non potest, tamen, ne si dubitetur quidem, quæri oporteat : quid, aut quantum, aut quomodo acceperis. Remitto tibi hoc totum, atque ista te cura libero. Neque enim metuo ne hoc cuiquam persuadeatur, ut, ad quod facinus nemo, præter te, ulla pecunia adduci potuerit, id tu gratis suscipere conatus sis. Verum de ista furandi prædandique ratione nihil dico; de hac imperatoria jam tua laude disputo.

VI. 12. Quid ais, bone custos defensorque provinciæ? Tu, quos servos arma capere ac bellum facere in Sicilia voluisse cognoras, et de concilii sententia judicaras, hos ad supplicium jam, more majorum[1], traditos et ad palum alligatos, ex media morte eripere ac liberare ausus es? Ut, quam damnatis servis crucem fixeras, hanc indemnatis civibus romanis reservares? Perditæ civitates, desperatis omnibus rebus, hos solent exitus exitiales habere, ut damnati in integrum restituantur, vincti solvantur, exules reducantur, res judicatæ rescindantur : quæ quum accidunt, nemo est quin intelligat ruere illam rempublicam; hæc ubi eveniunt, nemo est qui ullam spem salutis reliquam esse arbitretur.

13. Atque hæc sicubi facta sunt, facta sunt, ut homines populares aut nobiles supplicio aut exilio levarentur; at non ab his ipsis qui judicassent; at non statim; at non eorum facinorum damnati, quæ ad vitam et omnium fortunas pertinerent. Hoc vero novum, et ejusmodi est, ut magis propter reum quam propter rem ipsam credibile videatur; ut homines servos; ut ipse qui judicarat; ut statim e medio supplicio dimiserit; ut ejus facinoris damnatos servos, quod ad omnium liberorum caput et sanguinem pertinere t.

Mais ici qu'a-t-il pu faire? quel moyen s'offre à la cupidité? Eh bien! imaginez la plus révoltante infamie : ce que je vais dire surpassera votre attente. Ces esclaves condamnés comme conspirateurs, ces esclaves livrés à l'exécuteur, attachés au poteau, tout à coup on les délie, sous les yeux d'une foule immense; on les rend à ce Léonidas leur maître. Que direz-vous, ô le plus insensé des hommes! sinon une chose que je ne demande pas, dont personne ne peut douter, et que, dans une action aussi honteuse, il serait superflu de demander, quand même on aurait encore quelque doute, savoir, ce que vous avez reçu, de quelle manière vous avez été payé? Je vous fais grâce de ces questions, je vous épargne le soin de répondre. En effet, à qui pourra-t-on persuader que vous ayez voulu commettre gratuitement un crime, dont nul autre que vous, à quelque prix que ce fût, n'aurait jamais osé se rendre coupable? Mais je ne parle pas ici de vos talents pour le vol et le brigandage; je n'examine que votre mérite militaire.

VI. 12. Répondez, gardien vigilant, zélé défenseur de la province : des esclaves ont été reconnus par vous coupables d'avoir voulu faire la guerre en Sicile; vous les avez condamnés de l'avis de votre conseil : et ces esclaves, déjà conduits au supplice, déjà même attachés au poteau, vous osez les arracher à la mort et les mettre en liberté! Ah! cette croix dressée pour des esclaves condamnés, la réserviez-vous dès lors pour des citoyens, pour des Romains qui n'auraient pas été jugés? Quand un État penche vers sa chute, et que ses maux sont à leur comble, voici les signes avant-coureurs de sa ruine et de sa destruction. Les condamnés sont rétablis, les prisonniers sont mis en liberté, les bannis rappelés, et les jugements annulés. Il n'est personne alors qui ne reconnaisse qu'une cité est perdue sans ressource; personne qui ose conserver encore un reste d'espoir.

13. Cependant, si cette violation de toutes les formes a eu lieu quelquefois, c'était pour affranchir de la mort ou de l'exil des nobles ou des hommes populaires; ce n'étaient pas les juges eux-mêmes qui les délivraient; ce n'était pas au moment où ils venaient d'être condamnés; ils n'étaient pas coupables d'attentats qui missent en danger la vie et les biens de tous les citoyens. Ici le crime est d'une espèce nouvelle : pour le rendre croyable il faut en nommer l'auteur. Ceux qu'on délivre sont des esclaves: celui qui les délivre est le juge qui les a condamnés; c'est à l'instant du supplice; et le forfait dont ils sont coupables menace la vie de tous les hommes libres.

14. O præclarum imperatorem, nec jam cum M'. Aquilio, fortissimo viro, sed vero cum Paulis, Scipionibus, Mariis conferendum! Tantumne vidisse in metu periculoque provinciæ? Quum servitiorum animos in Sicilia suspensos propter bellum Italiæ fugitivorum videret, ne quis se commovere auderet, quantum terroris injecit? Comprehendi jussit: quis non pertimescat? Causam dicere dominos: quid servis tam formidolosum? *Fecisse videri*[1] pronuntiavit: exortam videtur flammam paucorum dolore ac morte restinxisse. Quid deinde sequitur? Verbera, atque ignes, et illa extrema ad supplicium damnatorum, metum ceterorum, cruciatus et crux: hisce omnibus suppliciis sunt liberati. Quis dubitet quin servorum animos summa formidine oppresserit, quum viderent ea facilitate prætorem, ut ab eo sceleris conjurationisque damnatorum vita, vel ipso carnifice internuntio, redimeretur? Quid? hoc in Appolloniensi Aristodamo? Quid? in Leonte Megarensi non idem fecisti?

VII. 15. Quid? Iste motus servorum, bellique subita suspicio, utrum tibi tandem diligentiam custodiendæ provinciæ, an novam rationem improbissimi quæstus, attulit? Halicyensis Eumenidæ, nobilis hominis et honesti, magnæ pecuniæ[2], villicus quum impulsu tuo insimulatus esset, H-S. LX millia[3] a domino accepisti: quod nuper ipse juratus docuit quemadmodum gestum esset. Ab equite romano C. Matrinio absente, quum is esset Romæ, quod ejus villicos pastoresque tibi in suspicionem venisse dixeras, H-S. centum millia abstulisti. Dixit hoc L. Flavius, qui tibi eam pecuniam numeravit, procurator C. Matrinii; dixit ipse C. Matrinius; dicet vir clarissimus Cn. Lentulus censor, qui, Matrinii honoris causa, recenti negotio, ad te litteras misit mittendasque curavit.

16. Quid? de Apollonio Diocli filio, Panormitano, cui Gemino cognomen est, præteriri potest? Ecquid hoc tota Sicilia clarius? Ecquid indignius? Ecquid manifestius proferri potest? Quem is, uti Panormum venit, ad se vocari et de tribunali citari jussit, concursu magno frequentiaque conventus[4]. Homines statim loqui; mirari quod Apollonius, homo pecuniosus, tamdiu ab isto maneret integer: excogitavit; nescio quid attulit; profecto homo dives repente a Verre non sine causa citatur.

14. Admirable général ! non, ce n'est plus au brave Aquilius, c'est aux Paul Émile, aux Scipion, aux Marius qu'il faut le comparer. Quelle prévoyance au milieu des dangers et des alarmes de la province ! Il voit que la guerre des esclaves en Italie va soulever les esclaves de la Sicile ; comme il a su les contenir par la terreur ! Il ordonne qu'on arrête les séditieux : tous ont dû trembler. Il cite les maîtres à son tribunal : quoi de plus effrayant pour les esclaves ? Il prononce que le crime lui paraît constant : c'est avec un peu de sang éteindre un incendie. Ensuite, les fouets, les lames ardentes, tout cet appareil de supplice pour les uns, de terreur pour les autres, les tortures, les croix.... il leur fait grâce de tout cela. Sans doute les esclaves durent tressaillir de frayeur, quand ils virent un préteur assez complaisant pour vendre, par l'entremise du bourreau lui-même, la grâce de ces hommes qu'il venait de condamner comme conspirateurs. Mais quoi ! vous êtes-vous conduit autrement avec Aristodamus d'Apollonie ? avec Léonte de Mégare ?

VII. 15. Ce mouvement des esclaves, ces soupçons de révolte ont-ils enfin excité votre vigilance, ou plutôt n'ont-ils pas fourni de nouveaux prétextes à vos déprédations ? Euménidas d'Halicya, Sicilien d'une naissance et d'une fortune distinguées, avait un fermier pour régir ses vastes possessions. Des gens apostés par vous accusèrent ce fermier, et vous reçûtes du maître soixante mille sesterces. C'est lui-même qui, dans sa déposition, nous a instruits de cette manœuvre. C. Matrinius, chevalier romain, était à Rome. En son absence, vous avez extorqué de lui cent mille sesterces, parce que vous disiez avoir des soupçons sur ses fermiers et ses pasteurs. L. Flavius, son intendant, qui vous a compté la somme, a déposé de ce fait ; Matrinius l'a déclaré lui-même ; et leur déposition sera confirmée par le censeur Cn. Lentulus, qui, dans le temps de cette affaire, vous écrivit et vous fit écrire en faveur de Matrinius.

16. Passerai-je sous silence votre conduite avec Apollonius de Palerme, fils de Dioclès, et surnommé Géminus ? Est-il un fait plus notoire dans toute la Sicile ? une action plus indigne ? une prévarication plus avérée ? Verrès arrive à Palerme ; à l'instant il mande Apollonius ; il le cite à son tribunal en présence d'une foule de citoyens romains. Chacun aussitôt de faire ses réflexions, de s'étonner qu'Apollonius, possesseur de tant de richesses, ait échappé si longtemps au préteur. Verrès, disent-ils, médite quelque projet ; on ne peut prévoir quel crime il va lui supposer ; mais, à coup sûr, ce n'est pas sans dessein que cet homme si riche est cité brusque-

Exspectatio summa omnium quidnam id esset, quum exanimatus subito ipse accurrit cum adolescente filio; nam pater grandis natu jam diu lecto tenebatur.

17. Nominat iste servum, quem magistrum pecoris esse diceret; eum dicit conjurasse et alias familias concitasse. Is omnino servus in familia non erat. Eum statim exhibere jubet. Apollonius affirmare servum se omnino illo nomine habere neminem. Iste hominem abripi a tribunali, et in carcerem conjici jubet. Clamare ille, quum raperetur, nihil se miserum fecisse, nihil commisisse; pecuniam sibi esse in nominibus[1]; numeratam in præsentia non habere. Hæc quum maxime summa hominum frequentia testificaretur, ut quivis intelligere posset eum, quod pecuniam non dedisset, idcirco illa tam acerba injuria affici; quum maxime, ut dico, hoc de pecunia clamaret, in vincla conjectus est.

VIII. 18. Videte constantiam prætoris, et ejus prætoris, qui nunc reus non ita defendatur ut mediocris prætor, sed ita laudetur ut optimus imperator. Quum servorum bellum metueretur, quo supplicio dominos indemnatos afficiebat, hoc servos damnatos liberabat. Apollonium, locupletissimum hominem, qui, si fugitivi bellum in Sicilia facerent, amplissimas fortunas amitteret, belli fugitivorum nomine, indicta causa, in vincla conjecit : servos quos ipse cum consilio, belli faciendi causa, consensisse judicavit, eos sine consilii sententia, sua sponte, omni supplicio liberavit.

19. Quid ? Si ab Apollonio aliquid commissum est, quamobrem jure in eum animadverteretur, tamenne hanc rem sic agemus, ut crimini aut invidiæ reo putemus esse oportere, si quo de homine severius judicavit ? Non agam tam acerbe : non utar ista accusatoria consuetudine, si quid est factum clementer, ut dissolute factum criminer ; si quid vindicatum severe est, ut ex eo crudelitatis invidiam colligam. Non agam ista ratione : tua sequar judicia ; tuam defendam auctoritatem, quoad tu voles. Simul ac tute cœperis tua judicia rescindere, mihi succensere desinito : meo enim jure[2] contendam, eum, qui suo judicio condemnatus sit, juratorum judicum sententiis damnari oportere.

ment au tribunal du préteur. Ils attendent avec impatience, lorsqu'on voit Apollonius, pâle de frayeur, accourir avec son fils à peine sorti de l'enfance : son père, accablé de vieillesse, était depuis longtemps retenu dans son lit.

17. Le préteur lui nomme un esclave qu'il prétend être l'inspecteur de ses troupeaux ; il dit que cet homme a conspiré et soufflé la révolte dans les autres ateliers. Or cet esclave n'existait point parmi ceux d'Apollonius. Le préteur exige qu'il le représente à l'instant. Apollonius assure qu'il n'a jamais eu d'esclave de ce nom. Verrès ordonne qu'on l'arrache du tribunal, et qu'on le traîne en prison. Je n'ai rien fait, s'écrie ce malheureux, je suis innocent : j'ai beaucoup de billets chez moi ; mais pour le moment, je n'ai pas d'argent comptant. Tandis qu'il proteste ainsi, en présence d'une assemblée nombreuse, de manière à faire connaître à tous qu'il ne reçoit ce cruel outrage que parce qu'il n'a point donné d'argent ; tandis qu'il appuie surtout sur ce fatal argent, on le jette dans la prison.

VIII. 18. Admirez la conduite conséquente du préteur, de ce préteur que ses défenseurs n'excusent pas comme un magistrat peu capable, mais qu'ils vantent comme un excellent général. Dans un temps où l'on craint un soulèvement d'esclaves, il punit des maîtres qu'il n'a pas entendus, et délivre des esclaves qu'il a condamnés. Apollonius, riche propriétaire, perdait une fortune immense si les esclaves se révoltaient en Sicile : Verrès, sous prétexte d'une révolte d'esclaves, le fait jeter dans les fers, sans l'entendre ; et des esclaves que lui-même, de l'avis de son conseil, a déclarés convaincus de conspiration, il les délivre de sa seule autorité, sans prendre l'avis de son conseil !

19. Mais quoi ! si Apollonius a mérité d'être puni, ferai-je un crime à Verrès de l'avoir jugé sévèrement ? Non, je n'userai pas de tant de rigueur. Je sais qu'il est ordinaire aux accusateurs de présenter un acte de clémence comme un excès de mollesse, et de donner à la sévérité les couleurs odieuses de la cruauté. Ce langage ne sera pas le mien. Verrès, je souscrirai à vos jugements, je soutiendrai vos arrêts aussi longtemps que vous le voudrez. Mais du moment où vous aurez commencé vous-même à les enfreindre, ne trouvez pas mauvais que je ne les respecte plus ; car alors j'aurai droit de soutenir qu'un homme qui s'est condamné lui-même ne peut être absous par les juges.

20. Non defendam Apollonii causam, amici atque hospitis mei, ne tuum judicium videar rescindere; nihil de hominis frugalitate, virtute, diligentia dicam; prætermittam illud etiam de quo antea dixi, fortunas ejus ita constitutas fuisse, familia, pecore, villis, pecuniis creditis, ut nemini minus expediret ullum in Sicilia tumultum aut bellum commoveri: non dicam ne illud quidem, si maxime in culpa fuerit Apollonius, tamen in hominem honestissimum, civitatis honestissimæ, tam graviter animadverti, causa indicta, non oportuisse.

21. Nullam invidiam in te, ne ex illis quidem rebus, concitabo, quum esset talis vir in carcere, in tenebris, in squalore, in sordibus, tyrannicis interdictis tuis, patri exacta ætate, et adolescenti filio, adeundi ad illum miserum potestatem nunquam esse factam. Etiam illud præteribo, quotiescunque Panormum veneris illo anno et sex mensibus (nam tamdiu fuit in carcere Apollonius), toties ad te senatum Panormitanum adisse supplicem cum magistratibus sacerdotibusque publicis, orantem atque obsecrantem ut aliquando ille miser atque innocens calamitate illa liberaretur. Relinquam hæc omnia; quæ si velim persequi, facile ostendam, tua crudelitate in alios, omnes tibi aditus misericordiæ judicum jam pridem esse præclusos.

IX. 22. Omnia igitur ista concedam et remittam: prævideo enim quid sit defensurus Hortensius: Fatebitur, apud istum neque senectutem patris, neque adolescentiam filii, neque lacrimas utriusque plus valuisse quam utilitatem salutemque provinciæ; dicet, rempublicam administrari sine metu ac severitate non posse; quæret, quamobrem fasces prætoribus præferantur, cur secures datæ, cur carcer ædificatus, cur tot supplicia sint in improbos more majorum constituta? Quæ quum omnia graviter severeque dixerit, quæram cur hunc eumdem Apollonium Verres idem, repente, nulla nova re allata, nulla defensione, sine causa, de carcere emitti jusserit? tantumque in hoc crimine suspicionis esse affirmabo, ut jam ipsis judicibus sine mea argumentatione conjecturam facere permittam, quod hoc genus prædandi, quam improbum, quam indignum, quamque ad magnitudinem quæstus immensum infinitumque esse videatur.

20. Ainsi donc, par respect pour votre jugement, je ne défendrai pas la cause d'Apollonius, mon hôte et mon ami; je ne dirai rien de sa frugalité, de sa probité, de son exactitude à remplir ses devoirs; je ne répéterai pas, ce que j'ai déjà dit, que sa fortune consistant en esclaves, en troupeaux, en métairies, en billets, un soulèvement ou une guerre en Sicile lui était plus préjudiciable qu'à tout autre. Je n'observerai pas même que, fût-il coupable, il fallait au moins l'entendre, et ne pas traiter avec cette dureté un des premiers citoyens d'une ville aussi distinguée.

21. Je ne rendrai point votre personne odieuse, en apprenant aux juges que, tandis que cet homme respectable languissait dans la nuit des cachots, vos ordres tyranniques ont interdit à son père accablé de vieillesse, à son fils à peine dans l'adolescence, la liberté de mêler leurs larmes avec les siennes : je ne rappellerai pas même, qu'autant de fois que vous êtes venu à Palerme, pendant le reste de cette année et les six mois suivants (car Apollonius a été tout ce temps en prison), autant de fois le sénat de Palerme s'est présenté à vous avec les magistrats et les prêtres publics, pour vous prier, pour vous conjurer de mettre enfin un terme aux souffrances de ce citoyen malheureux et innocent. Si je voulais me prévaloir de tous ces faits, je montrerais sans peine que votre cruauté envers les autres vous a fermé tout accès à la pitié de vos juges.

IX. 22. Je les supprimerai : aussi bien prévois-je déjà tout ce que doit répondre Hortensius. Il avouera que la vieillesse du père, que la jeunesse du fils, que les larmes de l'un et de l'autre ont eu moins de pouvoir sur Verrès que l'intérêt et le salut de la province. Il dira que la crainte et la sévérité sont nécessaires dans l'administration. Il demandera pourquoi ces faisceaux et ces haches qu'on porte devant les préteurs? pourquoi on a construit des prisons? pourquoi tant de supplices ont été décernés par les lois contre les coupables? Après qu'il aura fait toutes ces questions d'une voix imposante et sévère, je demanderai à mon tour pourquoi tout à coup, sans information nouvelle, sans aucune procédure, sans motif quelconque, ce même Verrès a remis en liberté ce même Apollonius? Cette conduite fait naître les soupçons les plus forts, et sans ajouter aucune réflexion, je laisserai les juges conjecturer eux-mêmes à quel point une telle extorsion est criminelle, à quel point elle est infâme, et quels profits immenses elle doit rapporter à celui qui l'exerce.

23. Nam quæ iste in Apollonio fecit, ea primum breviter cognoscite, quot et quanta sint; deinde hæc expendite atque æstimate pecunia. Reperietis idcirco hæc in uno homine pecunioso tot constituta, ut ceteris formidines similium incommodorum atque exempla periculorum proponerentur. Primum insimulatio est repentina, capitalis atque invidiosi criminis; statuite quanti hoc putetis, et quam multos redemisse. Deinde crimen sine accusatore, sententia sine consilio, damnatio sine defensione. Æstimate harum rerum omnium pretia, et cogitate, in his iniquitatibus unum hæsisse Apollonium, ceteros profecto multos ex his incommodis pecunia se liberasse. Postremo tenebræ, vincula, carcer, inclusum supplicium, atque a conspectu parentum ac liberum, denique a libero spiritu et communi luce seclusum.

24. Hæc vero, quæ vel vita redimi recte possunt, æstimare pecunia non queo. Hæc omnia sero redemit Apollonius, jam mœrore ac miseriis perditus; sed tamen ceteros docuit, ante istius avaritiæ ac sceleri occurrere. Nisi vero existimatis, hominem pecuniosissimum sine aliqua causa quæstus electum ad tam incredibile crimen, aut sine eadem causa repente e carcere emissum; aut hoc prædandi genus ab isto in illo uno adhibitum ac tentatum, et non per illum omnibus pecuniosis Siculis metum propositum et injectum.

X. 25. Cupio mihi, judices, ab illo subjici, quoniam de militari ejus gloria dico, si quid forte prætereo: nam mihi videor de omnibus jam rebus ejus gestis dixisse, quæ quidem ad belli fugitivorum pertinerent suspicionem : certe nihil sciens prætermisi. Habetis hominis consilia, diligentiam, vigilantiam, custodiam defensionemque provinciæ. Summa illuc pertinet, ut sciatis, quoniam plura genera sunt imperatorum, ex quo genere iste sit. Ne diutius in tanta penuria virorum fortium talem imperatorem ignorare possitis : non ad Q. Maximi sapientiam, neque ad illius superioris Africani in re gerenda celeritatem, neque ad hujus, qui postea fuit, singulare consilium, neque ad Pauli rationem ac disciplinam, neque ad C. Marii vim atque virtutem; sed aliud genus imperatoris sane diligenter retinendum et conservandum, quæso, cognoscite.

23. En effet, connaissez en peu de mots combien de vexations Apollonius a essuyées ; approfondissez-en l'horreur, évaluez-les en argent, et vous verrez qu'elles n'ont été accumulées sur la tête d'un homme riche, que pour intimider tous les autres par la perspective des mêmes dangers. D'abord, une assignation subite pour un crime capital et odieux : voyez ce que cela peut valoir ; pensez combien de gens ont payé afin de s'en préserver. Puis, une accusation sans dénonciation, un jugement sans tribunal, une condamnation sans procédure : fixez un tarif pour chacune de ces iniquités, et ne perdez pas de vue que, si Apollonius en a seul été victime, beaucoup d'autres sans doute s'en sont garantis en donnant de l'argent. Enfin les ténèbres, les fers, la prison, le secret, le supplice de ne voir plus ni ses parents ni ses enfants, de ne plus respirer un air pur, ni contempler la douce clarté des cieux....

24. Tous ces maux, si cruels qu'on s'en rachèterait au prix de la vie, je ne sais pas les évaluer en argent. Apollonius s'en est délivré bien tard, accablé déjà sous le poids de la douleur et des souffrances ; mais du moins il avait appris à ses concitoyens à prévenir l'avarice et la scélératesse du préteur. Car sans doute vous ne pensez pas qu'un homme très-opulent ait été choisi, sans aucun motif d'intérêt, pour être l'objet d'une accusation aussi incroyable ; que, sans aucun motif d'intérêt, il ait été soudainement remis en liberté ; ou qu'enfin Verrès ait exercé ce genre de vexation sur lui seul, sans vouloir que cet exemple fût une leçon pour tous les riches habitants de la Sicile.

X. 25. Puisque je parle de ses talents militaires, je le prie de me rappeler les faits qui peuvent échapper à ma mémoire. Je crois avoir rapporté tout ce qui est relatif à cette prétendue fermentation des esclaves : du moins, je n'ai rien omis volontairement. Vous connaissez donc la prudence de notre préteur, son activité, sa vigilance, ses soins pour la défense de la province. Mais il est plusieurs classes de généraux : il importe que vous sachiez dans laquelle il doit être placé. Il ne faut pas que, dans un siècle aussi stérile en grands hommes, vous ignoriez plus longtemps le mérite d'un tel général. Vous ne retrouverez pas en lui la circonspection de Fabius, l'ardeur du premier des Scipions, la sagesse du second, l'exactitude et la sévérité de Paul Émile, l'impétuosité et la valeur de Marius : son mérite est d'un autre genre, et vous allez sentir combien il est précieux, avec quel soin vous devez le conserver.

26. Itinerum primum laborem, qui vel maximus est in re militari, judices, et in Sicilia maxime necessarius, accipite quam facilem sibi iste et jucundum ratione consilioque reddiderit. Primum temporibus hibernis, ad magnitudinem frigorum, et ad tempestatum vim ac fluminum, præclarum sibi hoc remedium compararat. Urbem Syracusas elegerat, cujus hic situs atque hæc natura esse loci cœlique dicitur, ut nullus unquam dies tam magna turbulentaque tempestate fuerit, quin aliquo tempore ejus diei solem homines viderint. Hic ita vivebat iste bonus imperator hibernis mensibus, ut eum non facile, non modo extra tectum, sed ne extra lectum quidem, quisquam videret : ita diei brevitas conviviis, noctis longitudo stupris et flagitiis conterebatur. Quum autem ver esse cœperat (cujus initium iste non a Favonio, neque ab aliquo astro notabat, sed quum rosam viderat, tunc incipere ver arbitrabatur), dabat se labori atque itineribus ; in quibus usque eo se præbebat patientem atque impigrum, ut eum nemo unquam in equo sedentem videret.

XI. 27. Nam, ut mos fuit Bithyniæ regibus, lectica octophoro ferebatur, in qua pulvinus erat perlucidus, melitensi rosa fartus ; ipse autem coronam habebat unam in capite, alteram in collo ; reticulumque ad nares sibi admovebat tenuissimo lino, minutis maculis, plenum rosæ. Sic confecto itinere, quum ad aliquod oppidum venerat, eadem lectica usque in cubiculum deferebatur. Eo veniebant Siculorum magistratus, veniebant equites romani, id quod ex multis juratis audistis ; controversiæ secreto deferebantur ; paulo post palam decreta auferebantur : deinde, ubi paulisper in cubiculo, pretio, non æquitate, jura descripserat, Veneri jam et Libero reliquum tempus deberi arbitrabatur.

28. Quo loco mihi non prætermittenda videtur præclari imperatoris egregia ac singularis diligentia. Nam scitote esse oppidum in Sicilia nullum, ex iis oppidis in quibus consistere prætores et conventum agere solent, quo in oppido non isti ex aliqua familia non ignobili delecta ad libidinem mulier esset. Itaque nonnullæ ex eo numero in convivium adhibe-

26. Les marches sont ce qu'il y a de plus pénible dans l'art militaire, et de plus indispensable dans la Sicile : apprenez à quel point il a su, par une sage combinaison, les rendre faciles et agréables pour lui. D'abord, voici la ressource admirable qu'il s'était ménagée, pendant l'hiver, contre la rigueur du froid, contre la violence des tempêtes et les débordements des fleuves. Il avait choisi pour sa résidence la ville de Syracuse, dont la position est si heureuse et le ciel si pur, que, dans les temps les plus orageux, le soleil n'a jamais été un jour entier sans se montrer à ses heureux habitants. Cet excellent général y passait toute la saison, de manière que personne à peine ne pouvait l'apercevoir, je ne dis pas hors du palais, mais hors du lit. La courte durée du jour était donnée aux festins, et la longueur des nuits se consumait dans les dissolutions de la débauche la plus effrénée. Au printemps, et son printemps à lui ne datait pas du retour des zéphyrs ou de l'entrée du soleil dans tel ou tel signe, il ne croyait l'hiver fini que lorsqu'il avait vu des roses : alors il se mettait en marche, et soutenait la fatigue des voyages avec tant de courage et de force, que jamais personne ne le voyait à cheval.

XI. 27. A l'exemple des anciens rois de Bithynie, mollement étendu dans une litière à huit porteurs, il s'appuyait sur un coussin d'étoffe transparente, et tout rempli de roses de Malte. Une couronne de roses ceignait sa tête, une guirlande serpentait autour de son cou ; il tenait à la main un réseau du tissu le plus fin, à mailles serrées, et plein de roses dont il ne cessait de respirer le parfum. Lorsqu'après cette marche pénible il arrivait dans quelque ville, cette même litière le déposait dans l'intérieur de son appartement. Les magistrats des Siciliens, les chevaliers romains se rendaient auprès de lui, comme vous l'avez appris d'une foule de témoins. Les procès étaient soumis à ce tribunal secret. Bientôt les vainqueurs emportaient ouvertement les décrets qu'ils avaient obtenus ; et quand il avait employé quelques moments à peser dans sa chambre l'or et non les raisons des parties, il croyait que le reste du jour appartenait à Vénus et à Bacchus.

28. Ici je ne dois pas omettre une preuve de la prévoyance merveilleuse de notre incomparable général : sachez-donc que, dans toutes les villes de la Sicile où les préteurs ont coutume de séjourner et de tenir les assises, il y avait toujours en réserve pour ses plaisirs quelque femme choisie dans une famille honnête. Plusieurs de ces beautés complaisantes venaient publiquement se placer à sa table ;

bantur palam : si quæ castiores erant, ad tempus veniebant; lucem conventumque vitabant. Erant autem convivia, non illo silentio prætorum atque imperatorum, neque eo pudore qui in magistratuum conviviis versari solet, sed cum maximo clamore atque convicio : nonnunquam etiam res ad manus atque ad pugnam veniebat. Iste enim prætor severus ac diligens, qui populi romani legibus nunquam paruisset, illis diligenter legibus quæ in poculis ponebantur, obtemperabat. Itaque erant exitus ejusmodi, ut alius inter manus e convivio, tanquam e prælio, auferretur; alius, tanquam occisus, relinqueretur; plerique fusi, sine mente ac sine ullo sensu, jacerent: quivis ut, quum adspexisset, non se prætoris convivium, sed ut Cannensem pugnam nequitiæ videre arbitraretur.

XII. 29. Quum vero æstas summa esse jam cœperat, quod tempus omnes Siciliæ semper prætores in itineribus consumere consueverunt, propterea quod tum putant obeundam esse maxime provinciam, quum in areis frumenta sunt; quod et familiæ congregantur, et magnitudo servitii perspicitur, et labor operis maxime offenditur, et frumenti copia commonet, tempus anni non impedit : tum, inquam, quum concursant ceteri prætores, iste novo quodam genere imperator, pulcherrimo Syracusarum luco stativa sibi castra faciebat.

30. Nam in ipso aditu atque ore portus, ubi primum ex alto sinus ad urbem ab littore inflectitur, tabernacula carbaseis intenta velis collocabat. Huc ex illa domo prætoria, quæ regis Hieronis fuit, sic emigrabat, ut per eos dies nemo istum extra illum lucum videre posset : in eum autem ipsum lucum aditus erat nemini, nisi qui aut socius aut minister libidinis esse posset. Huc omnes mulieres, quibuscum iste consueverat, conveniebant, quarum incredibile est quanta multitudo fuerit Syracusis; huc homines digni istius amicitia, digni vita illa conviviisque veniebant. Inter ejusmodi viros ac mulieres, adulta ætate filius versabatur : ut cum, etiamsi natura a parentis similitudine abriperet, consuetudo tamen ac disciplina patri similem esse cogeret. Huc Tertia illa perducta per dolum atque insidias ab Rhodio tibicine, maximas in istius castris effecisse turbas dicitur, quum indigne pateretur uxor Cleomenis Sy-

celles qui conservaient un reste de pudeur ne se rendaient chez lui qu'à des heures convenues: elles évitaient le grand jour et les assemblées. Au surplus, dans de pareils festins, n'exigez pas ce silence respectueux que commande la présence d'un préteur ou d'un général, cette décence qui préside ordinairement à la table d'un magistrat; c'étaient des cris confus, c'étaient des clameurs horribles. Plus d'une fois même on en vint aux mains, et la scène fut ensanglantée. Car ce préteur exact et scrupuleux, qui n'avait jamais obéi aux lois du peuple romain, se soumettait religieusement aux lois que prescrivait le roi du festin. Aussi voyait-on, à la fin du repas, ici un blessé qu'on emportait de la mêlée, plus loin un champion laissé pour mort; la plupart restaient étendus sans connaissance et sans aucun sentiment. A la vue de ces tristes effets de la débauche, le spectateur eût méconnu la table d'un préteur; il aurait cru errer parmi les débris d'une autre bataille de Cannes.

XII. 29. Vers la fin de l'été, saison que tous les préteurs de la Sicile ont toujours employée aux voyages, parce qu'ils croient devoir choisir, pour visiter la province, le moment où les blés sont dans les aires: alors les esclaves sont rassemblés; il est aisé d'en connaître le nombre, de juger du produit des récoltes; les vivres sont abondants, et la saison n'oppose aucun obstacle: dans ce temps donc où les autres préteurs sont en course et en voyage, ce général, d'un genre nouveau, établissait son camp dans le plus délicieux bosquet de Syracuse.

30. A l'entrée même du port, dans le lieu où la mer commence à s'enfoncer vers le rivage pour former le golfe, il faisait dresser des tentes du lin le plus fin. Alors il quittait le palais prétorial qui fut jadis celui du roi Hiéron, et de ce moment, il n'était plus possible de le voir hors de cet asile voluptueux. L'accès était fermé à tout ce qui n'était pas ou le complice ou le ministre de ses débauches. Là se rendaient toutes les femmes avec lesquelles il avait des liaisons: et vous ne sauriez croire combien le nombre en était grand dans Syracuse. Là se rassemblaient les hommes dignes de son amitié, et qui méritaient d'être associés à la honte de sa vie et de ses festins. C'était parmi de tels hommes, c'était au milieu de ces femmes scandaleuses, que vivait son fils déjà parvenu à l'adolescence; en sorte que, si même la nature lui inspirait de l'aversion pour les vices paternels, l'habitude et l'exemple le forçaient de ressembler à son père. La fameuse Tertia, furtivement enlevée à un musicien de Rhodes, excita les plus grands troubles dans ce camp. L'épouse du Syracusain

racusani, nobilis mulier, itemque Æschrionis, honesto loco nata, in conventum suum mimi Isidori filiam venisse. Iste autem Annibal[1], qui in suis castris virtute putaret oportere, non genere certari, sic hanc Tertiam dilexit, ut eam secum ex provincia deportaret.

XIII. 31. Ac per eos dies, quum iste cum pallio purpureo talarique tunica versaretur in conviviis muliebribus, non offendebantur homines in eo; neque moleste ferebant abesse a foro magistratum, non jus dici, non judicia fieri; locum illum littoris percrepare totum mulierum vocibus cantuque symphoniæ, in foro silentium esse summum causarum atque juris, non ferebant homines moleste: non enim jus abesse videbatur a foro neque judicia, sed vis, et crudelitas, et bonorum acerba atque indigna direptio.

32. Hunc tu igitur imperatorem esse defendis, Hortensi? Hujus furta, rapinas, cupiditatem, crudelitatem, superbiam, scelus, audaciam, rerum gestarum magnitudine atque imperatoriis laudibus tegere conaris? Hic scilicet est metuendum ne, ad exitum defensionis tuæ, vetus illa Antoniana dicendi ratio atque auctoritas proferatur; ne excitetur Verres; ne denudetur a pectore; ne cicatrices populus romanus adspiciat, ex mulierum morsu, vestigia libidinis atque nequitiæ.

33. Dii faciant, ut rei militaris, ut belli mentionem facere audeas! Cognoscentur enim omnia istius æra illa[2] vetera, ut non solum in imperio, verum etiam in stipendiis qualis fuerit, intelligatis; renovabitur prima illa militia, quum iste e foro abduci[3], non, ut ipse prædicat, perduci solebat; aleatoris Placentini castra commemorabuntur, in quibus quum frequens fuisset, tamen ære dirutus est[4]; multa ejus in stipendiis damna proferentur, quæ ab isto, ætatis fructu dissoluta et compensata sunt.

34. Jam vero quum in ejusmodi patientia turpitudinis, aliena, non sua satietate, obduruisset, qui vir fuerit, quot præsidia, quam munita, pudoris et pudicitiæ, vi et audacia ceperit, quid me attinet dicere, aut conjungere cum istius fla-

Cléomène, fière de sa noblesse, celle d'Eschrion, d'une famille honnête, s'indignaient qu'on leur donnât pour compagne la fille du bouffon Isidore. Mais dans le camp de cet autre Annibal, le mérite et non la naissance assignait les rangs; et telle fut sa prédilection pour cette Tertia, qu'il l'emmena avec lui lorsqu'il sortit de la Sicile.

XIII. 31. Tandis que le préteur, vêtu d'un manteau de pourpre et d'une tunique longue, se livrait aux plaisirs au milieu de ses femmes, les Siciliens ne montraient aucun mécontentement : ils enduraient sans peine que le magistrat ne parût point sur son tribunal, que le barreau fût désert, que la justice fût muette; ils ne se plaignaient pas du bruit des instruments, des voix de tant de femmes qui remplissaient toute cette partie du rivage, pendant que le silence régnait autour des tribunaux. Ce n'étaient pas en effet la justice et les lois qui s'en étaient éloignées, mais la violence, mais la cruauté, et les déprédations les plus iniques et les plus atroces.

32. Et c'est là, Hortensius, celui que vous présentez comme un excellent général? les vols, les brigandages, l'avarice, la cruauté, le despotisme, la scélératesse, l'audace de cet homme, vous voulez que tout soit effacé par l'éclat de ses exploits, que tout disparaisse dans les rayons de sa gloire? Ah! sans doute je dois craindre qu'à la fin de votre plaidoyer, heureux imitateur de l'éloquent Antonius, vous ne fassiez paraître Verrès, et que, découvrant sa poitrine, vous ne comptiez, sous les yeux du peuple romain, ces morsures de femmes passionnées, monuments irrécusables du libertinage et de la débauche la plus effrénée.

33. Fassent les dieux que vous osiez parler de ses talents pour la guerre! Je ferai connaître alors tous ses anciens services; on verra quel il a été non-seulement comme général, mais comme soldat; je rappellerai ses premières armes, le temps où il était, non pas, comme il se plaît à le dire, conduit au forum pour son instruction, mais emmené du forum pour des occupations bien différentes: je parlerai de ce camp de joueurs, où, toujours présent dans les rangs, il se vit pourtant privé de sa paie; je citerai bien des pertes essuyées dans ses premières campagnes, mais réparées par le trafic de sa jeunesse.

34. Est-il besoin de dire ce qu'il a été dans l'âge viril, cet homme endurci de si bonne heure à la honte et à l'opprobre, et dont les excès avaient lassé tout le monde, excepté lui seul? faut-il vous le montrer forçant par sa violence et son audace toutes les résistances

gitio cujusquam præterea dedecus? Non faciam, judices; omnia vetera prætermittam: duo sola recentia sine cujusquam infamia ponam, ex quibus conjecturam facere de omnibus possitis. Unum illud, quod ita fuit illustre notumque omnibus, ut nemo tam rusticanus homo, L. Lucullo et M. Cotta consulibus, Romam ex ullo municipio vadimonii causa venerit, quin sciret, jura omnia prætoris urbani [1], nutu atque arbitrio Chelidonis meretriculæ gubernari. Alterum, quod, quum paludatus [2] exisset, votaque pro imperio suo communique populi romani nuncupasset, noctu, stupri causa, lectica in urbem introferri solitus est ad mulierem, nuptam uni, propositam omnibus, contra fas, contra auspicia, contra omnes divinas atque humanas religiones.

XIV. 35. O dii immortales! quid interest inter mentes hominum et cogitationes! Ita mihi meam voluntatem, spemque reliquæ vitæ, vestra populique romani existimatio comprobet, ut ego, quos adhuc mihi magistratus populus romanus mandavit, sic eos accepi, ut me omnium officiorum obstringi religione arbitrarer. Ita quæstor sum factus, ut mihi honorem illum non tam datum, quam creditum ac commissum putarem. Sic obtinui quæsturam in provincia Sicilia, ut omnium oculos in me unum conjectos arbitrarer; ut me quæsturamque meam quasi in aliquo orbis terræ theatro versari existimarem; ut omnia semper, quæ jucunda videntur esse, non modo his extraordinariis cupiditatibus, sed etiam ipsi naturæ ac necessitati, denegarem.

36. Nunc sum designatus ædilis [3]; habeo rationem quid a populo romano acceperim: mihi ludos sanctissimos maxima cum cærimonia Cereri, Libero Liberæque faciundos; mihi Floram matrem populo plebique romanæ ludorum celebritate placandam; mihi ludos antiquissimos, qui primi Romani sunt nominati, maxima cum dignitate ac religione Jovi, Junoni Minervæque esse faciundos; mihi sacrarum ædium procurationem, mihi totam urbem tuendam esse commissam: ob earum rerum laborem et sollicitudinem fructus illos datos: antiquiorem in senatu sententiæ dicendæ locum [4], togam prætextam, sellam curulem, jus imaginis ad memoriam posteritatemque prodendæ [5].

que lui opposaient l'innocence et la pudeur? associerai-je à l'infamie de ses désordres les familles qui en ont été les victimes? Non : je tirerai le voile sur ses anciens scandales. Je citerai seulement deux faits récents qui ne compromettront personne, et qui suffiront pour vous donner une idée du reste. L'un, public et généralement connu, c'est que de tous les habitants de la campagne qui, sous le consulat de Lucullus et de Cotta, sont venus à Rome pour quelque procès, il n'en était pas un qui ne sût que les caprices et la volonté de la courtisane Chélidon formaient tous les arrêts du préteur civil. Voici l'autre. Déjà Verrès était sorti de Rome, revêtu des habits militaires; déjà il avait prononcé les vœux solennels pour le succès de son administration et pour la prospérité de l'empire : la nuit, pour satisfaire une passion criminelle, bravant et la religion et les auspices, et tout ce qu'il y a de sacré dans le ciel et sur la terre, il rentrait dans la ville en litière, et se faisait porter chez une femme qui, l'épouse d'un seul homme, avait tous les hommes pour maris.

XIV. 35. Dieux immortels ! quelle différence entre les pensées et les sentiments des hommes! Puisse votre estime, citoyens, puissent les suffrages du peuple romain accueillir mon zèle et combler mes espérances, comme il est vrai qu'en recevant les dignités que le peuple romain a daigné m'accorder jusqu'ici, j'ai cru contracter avec lui les obligations les plus indispensables et les plus sacrées ! Nommé questeur, j'ai regardé cette magistrature, non pas comme un don, mais comme un dépôt dont je devais compte à la patrie. Lorsque j'en ai rempli les fonctions en Sicile, je pensais que tous les yeux étaient fixés sur moi, que placées sur un grand théâtre, ma personne et ma questure étaient en spectacle à tout l'univers ; et loin de me livrer à ces passions que la raison condamne, je me suis même refusé les douceurs que la nature semble exiger.

36. En ce moment, je suis édile désigné ; je sens toute l'importance des devoirs qui me sont imposés par le peuple romain : célébrer avec le plus grand appareil les jeux consacrés à Cérès, à Bacchus et à Proserpine; rendre la déesse Flora favorable à l'empire et à l'ordre du peuple, par la pompe des jeux institués en son honneur; faire représenter avec la majesté la plus auguste et la plus religieuse, au nom de Jupiter, de Junon et de Minerve, ces jeux solennels, les plus anciens de Rome et les premiers qu'on ait appelés Romains; veiller à l'entretien des temples, étendre mes soins sur Rome entière; telles sont mes fonctions; je le sais, citoyens, et je sais aussi que, pour prix de tant de travaux, on m'accorde le droit d'opiner avant les simples sénateurs, la toge bordée de pourpre, la chaise curule, le droit d'image pour perpétuer mon existence dans la postérité.

37. Ex his ego rebus omnibus, judices, ita mihi deos omnes propitios esse velim, ut, tametsi mihi jucundissimus est honos populi, tamen nequaquam tantum capio voluptatis, quantum sollicitudinis et laboris, ut hæc ipsa ædilitas, non, quia necesse fuerit, alicui candidato data; sed, quia sic oportuerit, recte collocata et judicio populi in loco posita esse videatur.

XV. 38. Tu, quum esses prætor renuntiatus quoquo modo (mitto enim et prætereo quid tum sit actum), sed quum esses renuntiatus, ut dixi, non ipsa præconis voce excitatus es, qui te toties *seniorum juniorumque centuriis*[1] *illo honore affici* pronuntiavit, ut hoc putares, aliquam reipublicæ partem tibi creditam, annum tibi illum unum domo carendum esse meretricis? Quum tibi sorte obtigisset ut jus diceres, quantum negotii, quid oneris haberes, nunquam cogitasti: neque illud rationis habuisti, si forte expergefacere te posses, eam provinciam, quam tueri singulari sapientia atque integritate difficile esset, ad summam stultitiam nequitiamque venisse? Itaque non modo domo tua Chelidonem in prætura extrudere noluisti, sed in Chelidonis domum præturam tuam totam detulisti.

39. Secuta provincia est; in qua tibi nunquam venit in mentem, non tibi idcirco fasces, et secures, et tantam imperii vim, tantamque ornamentorum omnium dignitatem datam, ut earum rerum vi et auctoritate omnia repagula juris, pudoris et officii perfringeres, ut omnium bona prædam tuam duceres; nullius res tuta, nullius domus clausa, nullius vita septa, nullius pudicitia munita contra tuam cupiditatem et audaciam posset esse. In qua tu te ita gessisti, ut, quum omnibus teneare rebus, ad bellum fugitivorum confugias. Ex quo jam intelligis non modo tibi nullam defensionem, sed maximam vim criminum exortam : nisi forte Italici belli fugitivorum reliquias, atque illud Temsanum incommodum[2] proferes; ad quod recens quum te peropportune fortuna obtulisset, si quid in te virtutis atque industriæ fuisset, idem qui semper fueras, inventus es.

XVI. 40. Quum ad te Valentini venissent, et pro his homo disertus et nobilis M. Marius loqueretur, ut negotium susciperes, ut, quum penes te prætorium imperium ac nomen esset,

37. Ces distinctions honorables remplissent mon âme de la joie la plus vive : mais que tous les dieux cessent de m'être propices, si je ne suis pas moins sensible encore au plaisir de les avoir obtenues, que je ne suis occupé du soin de me montrer digne d'une si haute faveur, et de prouver que ce choix n'est pas tombé sur moi, parce qu'il était nécessaire de nommer quelqu'un des candidats, mais que le peuple, en me donnant ce témoignage de son estime, n'a pas été trompé dans son attente.

XV. 38. Et vous, lorsque vous avez été proclamé préteur, n'importe par quels moyens, je ne rappelle point ce qui s'est fait alors; mais enfin, lorsque vous avez été proclamé, la voix du héraut qui répéta tant de fois que les centuries des vieillards et celles des jeunes gens vous décernaient cette dignité, la voix du héraut ne vous a pas tiré de votre assoupissement ! Vous n'avez pas réfléchi qu'une portion de la république était confiée à vos soins; que cette année du moins il faudrait vous interdire la maison d'une courtisane ! Quand le sort vous eut nommé chef de la justice, vous n'avez pas songé à l'importance de vos devoirs ! vous n'avez pas senti, si toutefois votre léthargie vous permettait de sentir quelque chose, que cette partie de l'administration où la sagesse la plus rare, l'intégrité la plus scrupuleuse, ne garantissent pas toujours des écueils, était abandonnée au plus insensé comme au plus scélérat des hommes ! Aussi, pendant votre préture, votre demeure n'a pas été fermée à Chélidon; au contraire, vous avez transporté votre préture tout entière dans la demeure de Chélidon.

39. Vous fûtes ensuite envoyé en Sicile ; et là, jamais il ne vous est venu dans la pensée, qu'en vous donnant les haches, les faisceaux, l'autorité, et tout l'appareil d'un si grand pouvoir, la république ne prétendait pas vous livrer des armes pour briser toutes les barrières des lois, de la pudeur et du devoir ; pour faire du bien des peuples la proie de votre cupidité ; pour que les fortunes, les maisons, la vie des hommes et l'honneur des femmes n'opposassent qu'une résistance inutile à votre avarice et à votre audace ! Telle a été l'infamie de votre conduite, qu'aujourd'hui pressé, investi de toutes parts, vous cherchez un refuge dans la guerre des esclaves. Vous voyez à présent que, loin de servir à votre défense, elle prête une force nouvelle à votre accusateur, à moins que vous ne nous parliez de cette poignée de fugitifs rassemblés à Temsa. C'était une occasion favorable que la fortune vous présentait, si vous aviez été capable de quelque courage et de quelque activité. Mais vous fûtes alors ce que vous aviez toujours été.

XVI. 40. Les Valentiens étaient venus vous trouver, et M. Marius, citoyen aussi distingué qu'éloquent, parlant en leur nom, vous conjurait de vous charger de cette expédition ; il représentait que,

ad illam parvam manum extinguendam ducem te principemque præberes, non modo id refugisti, sed eo ipso tempore, quum esses in littore, Tertia illa tua, quam tu tecum deportabas, erat in omnium conspectu : ipsis autem Valentinis ex tam illustri nobilique municipio, tantis de rebus responsum nullum dedisti, quum esses cum tunica pulla et pallio. Quid hunc proficiscentem, quid in ipsa provincia fecisse existimatis, qui quum jam ex provincia, non ad triumphum, sed ad judicium decederet, ne illam quidem infamiam fugerit, quam sine ulla voluptate capiebat?

41. O divina senatus frequentis in æde Bellonæ admurmuratio! Memoria tenetis, judices, quum advesperasceret, et paulo ante esset de hoc Temsano incommodo nuntiatum, quum inveniretur nemo qui in illa loca cum imperio mitteretur, dixisse quemdam, Verrem esse non longe a Temsa : quam valde universi admurmurarint, quam palam principes contradixerint. Et is tot criminibus testimoniisque convictus, in eorum tabellis spem sibi aliquam ponit, quorum omnium palam, causa incognita, voce damnatus est!

CONTENTIONIS SECUNDA PARS.

DE BELLO PRÆDONUM.

XVII. 42. Esto : nihil ex fugitivorum bello, aut suspicione belli, laudis adeptus est, quod neque bellum ejusmodi, neque belli periculum fuit in Sicilia, neque ab isto provisum est ne quod esset. At vero contra bellum prædonum classem habuit ornatam, diligentiamque adhibuit in eo singularem; itaque, isto prætore, præclare defensa provincia est. Sic de bello prædonum, sic de classe siciliensi, judices, dicam, ut hoc jam ante confirmem, in hoc uno genere omnes inesse culpas istius maximas, avaritiæ, majestatis, dementiæ, libidinis, crudelitatis. Hæc dum breviter expono, quæso, ut fecistis adhuc, diligenter attendite.

43. Rem navalem primum ita dico esse administratam, non uti provincia defenderetur, sed ut classis nomine pecunia quæreretur. Superiorum prætorum consuetudo quum hæc fuisset,

conservant encore le titre et l'autorité de préteur, c'était à vous de marcher à leur tête pour exterminer cette poignée d'ennemis. Non-seulement vous les refusâtes, mais dans ce temps même, cette Tertia que vous emmeniez avec vous, était à vos côtés sur le rivage, bravant tous les regards. Les Valentiens, c'est-à-dire les habitants d'une de nos premières villes municipales, accourus pour un objet aussi important, remportèrent, au lieu de réponse, l'étonnement d'avoir vu un magistrat romain, vêtu d'une tunique brune et d'un manteau grec. Qu'a-t-il dû faire, à son départ de Rome et dans son gouvernement, cet homme qui, sortant de sa province, non pour triompher, mais pour subir un jugement, n'a pas même évité un scandale qui ne lui procurait aucun plaisir?

41. O qu'il fut bien inspiré par les dieux, ce murmure du sénat assemblé dans le temple de Bellone! Vous ne l'avez pas oublié, citoyens. La nuit approchait; on venait de vous informer de ce rassemblement auprès de Temsa; comme on n'avait personne qui, revêtu du commandement militaire, pût être envoyé dans cette contrée, quelqu'un observa que Verrès n'était pas loin de Temsa. Quel frémissement s'éleva de toutes les parties de la salle! Avec quelle chaleur les chefs du sénat repoussèrent cette idée! Et cet homme chargé de tant d'accusations, convaincu par tant de témoignages, ose compter encore sur les suffrages de ceux dont les voix l'ont condamné ouvertement, avant même que sa cause eût été instruite!

SECONDE PARTIE DE LA DISCUSSION.

DE LA GUERRE DES PIRATES.

XVII. 42. Eh bien! dira Hortensius, Verrès n'a pas eu la gloire de terminer ou de prévenir la guerre des esclaves, parce qu'en effet cette guerre n'a pas existé, qu'on n'a pas eu lieu de la craindre en Sicile, qu'enfin il n'a rien fait pour l'empêcher. Mais du moins il a opposé aux pirates une flotte très-bien équipée, et dans cette guerre, il a donné des preuves d'une vigilance incomparable. Aussi, pendant sa préture, la province a-t-elle été parfaitement garantie. Juges, avant de vous parler de la guerre des pirates et de la flotte sicilienne, j'ose affirmer que cette partie de son administration est celle qui renferme ses plus monstrueux attentats. Avarice, lèse-majesté, extravagance, débauche, cruauté, tout y est porté aux plus affreux excès. Daignez me continuer votre attention; je n'abuserai pas de votre patience.

43. Je soutiens d'abord, qu'en équipant une flotte sous prétexte de défendre la province, il n'a eu d'autres vues que de gagner de l'argent. Ses prédécesseurs avaient toujours exigé de chaque ville,

ut naves civitatibus, certusque numerus nautarum militumque imperaretur, maximæ et locupletissimæ civitati Mamertinæ nihil horum imperavisti : ob quam rem quid tibi Mamertini clam dederint pecuniæ, post videbitur; ex ipsorum litteris et testibus quæremus.

44. Navem vero Cybeam maximam, triremis instar, pulcherrimam atque ornatissimam, palam ædificatam sumptu publico, sciente tota Sicilia, per magistratum senatumque mamertinum tibi datam donatamque esse dico. Hæc navis, onusta præda siciliensi, quum ipsa quoque esset ex præda, simul quum iste decederet, appulsa Veliam est, cum plurimis rebus, et iis quas ante Romam mittere cum ceteris furtis noluit, quod erant carissimæ, maximeque eum delectabant. Eam navem nuper egomet vidi Veliæ, multique alii viderunt, pulcherrimam atque ornatissimam, judices : quæ quidem omnibus qui eam adspexerant, prospectare jam exsilium atque explorare fugam domini videbatur.

XVIII. 45. Quid mihi hoc loco respondebis? Nisi forte id, quod, tametsi probari nullo modo potest, tamen dici quidem in judicio de pecuniis repetundis necesse est, de tua pecunia ædificatam esse eam navem. Aude hoc saltem dicere, quod necesse est : noli metuere, Hortensi, ne quæram, qui licuerit ædificare navem senatori[1]. Antiquæ sunt istæ leges et mortuæ, quemadmodum tu soles dicere, quæ vetant. Fuit ista respublica quondam, fuit ista severitas in judiciis, ut istam rem accusator in magnis criminibus objiciendam putaret. Quid enim tibi nave opus fuit? cui, si quo publice proficiscereris, et præsidii et vecturæ causa, sumptu publico navigia præberentur; privatim autem nec proficisci quoquam potes, nec arcessere res transmarinas ex iis locis in quibus tibi habere, mercari nihil licet.

46. Deinde cur quidquam contra leges parasti? Valeret hoc crimen in illa veteri severitate ac dignitate reipublicæ; nunc non modo te hoc crimine non arguo, sed ne illa quidem communi vituperatione reprehendo. Postremo tu tibi hoc nunquam turpe, nunquam criminosum, nunquam invi-

des vaisseaux et un nombre déterminé de matelots et de soldats. Verrès, vous n'avez rien exigé de Messine, une des plus grandes et des plus opulentes cités de la Sicile. On verra par la suite quelle somme les Mamertins ont payée en secret pour obtenir une telle exemption : j'examinerai leurs registres; j'interrogerai leurs témoins.

44. En attendant, j'affirme que le Cybée, superbe navire de la grandeur d'une trirème, construit publiquement aux frais de la ville, sous le regard de la Sicile entière, vous a été offert en pur don par les magistrats et le sénat de Messine. Ce vaisseau, chargé du butin de la Sicile, dont lui-même faisait partie, quitta la province en même temps que le préteur. Il vint aborder à Vélie, portant une infinité de richesses et les effets que Verrès n'avait pas voulu envoyer à Rome avec ses autres vols, parce que c'était ce qu'il avait de plus précieux et de plus cher. Il est encore à Vélie. Je l'ai vu dernièrement; beaucoup d'autres l'ont vu comme moi. Il est très-beau, parfaitement équipé. Il semblait à tous ceux qui le regardaient, attendre déjà l'exil de son maître et se disposer à seconder sa fuite.

XVIII. 45. Ici, que répondrez-vous, sinon une chose qui ne peut vous excuser, que cependant il est nécessaire de dire dans un procès de cette nature : c'est que ce vaisseau a été construit à vos frais. Osez du moins soutenir une imposture qui vous est nécessaire; et ne craignez pas, Hortensius, que je demande de quel droit un sénateur s'est fait construire un vaisseau. Les lois qui le défendent sont vieilles ; elles sont mortes, comme vous l'avez dit tant de fois; et le temps n'est plus où la morale publique, où la sévérité des tribunaux autorisait un accusateur à placer un tel délit au nombre des grands crimes. En effet, qu'aviez-vous besoin de vaisseau? Si l'intérêt public vous obligeait de voyager, l'état vous en fournissait pour le transport et la sûreté de votre personne. Quant à vos affaires personnelles, vous ne pouviez ni sortir de votre province, ni rien envoyer par mer hors des pays où toute acquisition et tout genre de trafic vous étaient interdits par la loi.

46. Et pourquoi acquérir quand les lois le défendent? Ce délit aurait suffi pour vous perdre dans les temps heureux de Rome vertueuse et sévère. Aujourd'hui, loin d'en faire la base d'une accusation, je n'en fais pas même la matière d'un reproche. Mais enfin, avez-vous pensé que, dans le lieu le plus peuplé d'une province où

diosum fore putasti, celeberrimo loco palam tibi ædificari onerariam navem, in ea provincia quam tu cum imperio obtinebas? Quid eos loqui qui videbant, quid existimare eos qui audiebant, arbitrabare? inanem te navem esse in Italiam deducturum? navicularium te, quum Romam venisses, esse facturum? Ne illud quidem quisquam poterat suspicari, te habere in Italia maritimum fundum, et ad fructus deportandos onerariam navem comparare. Ejusmodi de te voluisti sermonem esse omnium, palam ut loquerentur, te illam navem parare, quæ prædam ex Sicilia deportaret, et quæ ad ea furta quæ reliquisses, commearet?

47. Verum hæc omnia, si doces navem de tua pecunia ædificatam, remitto atque concedo. Sed hoc, homo amentissime, non intelligis priore actione ab ipsis istis tuis Mamertinis laudatoribus esse sublatum? nam dixit Heius, princeps civitatis, princeps istius legationis quæ ad tuam laudationem missa est, navem tibi operis publicis Mamertinorum esse ædificatam, eique faciendæ senatorem mamertinum publice præfuisse. Reliqua est materies : hanc Rheginis, ut ipsi dicunt (tametsi tu negare non potes), publice, quod Mamertini materiem non habent, imperavisti.

XIX. 48. Si et ex quo fit navis, et qui faciunt, imperio tibi tuo, non pretio, præsto fuerunt, ubi tandem istuc latet, quod tu de tua pecunia dicis impensum? At Mamertini in tabulis nihil habent. Primum video potuisse fieri ut ex ærario nihil darent : etenim vel Capitolium, sicut apud majores nostros factum est, publice coactis fabris operisque imperatis, gratis exædificari atque effici potuit. Deinde, id quoque perspicio (quod et ostendam, quum istos produxero) ipsorum ex litteris, multas pecunias isti erogatas, in operum locationes falsas atque inanes, esse perscriptas. Jam illud minime mirum est, Mamertinos, a quo summum beneficium acceperant, quem sibi amiciorem quam populo romano esse cognoverant, ejus capiti litteris suis pepercisse. Sed si argumento est, Mamertinos pecunias tibi non dedisse, quia scriptum non habent, sit argumento, tibi gratis constare navem, quia, quid emeris, aut quid locaveris, scriptum proferre non potes.

vous commandiez, vous pourriez vous faire construire publiquement un vaisseau de transport sans vous dévouer à l'infamie, à la vengeance des lois, à l'indignation des citoyens? Qu'ont pu dire et penser ceux qui l'ont vu, ceux qui l'ont entendu? que votre intention était de le conduire vide en Italie ? de faire le commerce de mer après votre retour à Rome ? Qui que ce soit ne pouvait même soupçonner que vous eussiez en Italie des propriétés voisines de la mer, et qu'il fût destiné à transporter vos récoltes. Vous avez voulu qu'on dît hautement que vous prépariez un vaisseau pour emporter le butin de la Sicile, et venir à diverses reprises recueillir le reste du pillage.

47. Au surplus, si vous prouvez qu'il a été construit à vos frais, je vous fais grâce de toutes ces réflexions. Mais, ô le plus insensé des hommes! ne sentez-vous pas que, dans la première action, les Mamertins eux-mêmes, vos propres panégyristes, vous ont ravi cette ressource? Héius, le premier citoyen de cette ville, le chef de la députation envoyée pour vous louer, Héius a déclaré qu'un vaisseau a été construit pour vous par les ouvriers publics de Messine, et qu'un sénateur a été nommé pour surveiller ce travail. Quant aux bois de construction, comme les Mamertins n'en ont pas, vous avez intimé aux habitants de Rhège l ordre de les fournir. Ils le disent eux-mêmes, et certes nous n'avons pas besoin de leur témoignage.

XIX. 48. Si les matériaux et la main-d'œuvre ne vous ont coûté qu'un ordre, où donc est l'argent que vous prétendez avoir dépensé? Mais, dites-vous, on ne trouve aucune trace de ces frais dans les registres de Messine. D'abord, il est possible qu'on n'ait rien tiré du trésor de la ville. Chez nos ancêtres, le Capitole lui-même a été bâti sans rien coûter à l'état : les ouvriers furent commandés et ne reçurent point de salaire. Ensuite, j'aperçois par les registres, et je le démontrerai quand je ferai entendre les Mamertins, que de grandes sommes ont été accordées à Verrès pour des entreprises supposées. Et faut-il s'étonner qu'ils n'aient pas voulu compromettre par leurs registres un bienfaiteur qui s'était montré bien plus leur ami que celui du peuple romain ? Mais si, du silence de leurs registres, vous concluez que les Mamertins ne vous ont pas donné d'argent, je conclurai aussi que le vaisseau ne vous a rien coûté, puisque vous ne prouvez par aucun écrit que vous ayez rien payé, ni pour les matériaux, ni pour le salaire des ouvriers.

49. At enim idcirco navem Mamertinis non imperasti, quod sunt fœderati. Dii approbent: habemus hominem in Fecialium manibus educatum [1], unum præter ceteros in publicis religionibus fœderum sanctum et diligentem. Omnes, qui ante te prætores fuerunt, dedantur Mamertinis, quod iis navem contra pactionem fœderis imperarint. Sed tamen, tu, sancte homo ac religiose, cur Taurominitanis item fœderatis navem imperasti? An hoc probabis, in æqua causa populorum, sine pretio varium jus et disparem conditionem fuisse?

50. Quid? si ejusmodi esse hæc duo fœdera duorum populorum, judices, doceo, ut Taurominitanis nominatim cautum et exceptum sit fœdere, *ne navem dare debeant;* Mamertinis in ipso fœdere sanctum atque perscriptum sit, *uti navem dare necesse sit;* istum autem contra fœdus Taurominitanis imperasse, et Mamertinis remisisse : num cui dubium poterit esse, quin, Verre prætore, plus Mamertinis Cybea, quam Taurominitanis fœdus opitulatum sit? Recitentur fœdera. MAMERTINORUM ET TAUROMINITANORUM CUM POPULO ROMANO FOEDERA.

XX. 51. Isto igitur tuo, quemadmodum ipse prædicas, beneficio, ut res indicat, pretio atque mercede, minuisti majestatem reipublicæ, minuisti auxilia populi romani, minuisti copias majorum virtute ac sapientia comparatas; sustulisti jus imperii, conditionem sociorum, memoriam fœderis. Qui ex fœdere ipso navem vel usque ad Oceanum, si imperassemus, sumptu periculoque suo armatam atque ornatam mittere debuerunt, hi, ne in freto ante sua tecta et domos navigarent, ne sua mœnia portusque defenderent, pretio abs te jus fœderis et imperii conditionem emerunt.

52. Quid censetis in hoc fœdere faciundo voluisse Mamertinos impendere laboris, operæ, pecuniæ, ne hæc biremis adscriberetur, si id ullo modo possent a nostris majoribus impetrare? Nam, quum hoc munus imperaretur tam grave civitati, inerat, nescio quo modo, in illo fœdere societatis quasi quædam nota servitutis. Quod tum, recentibus suis officiis, integra re, nullis populi romani difficultatibus, a majoribus nostris fœdere assequi non potuerunt; id nunc, nullo novo

49. Mais, direz-vous, si je n'ai pas exigé un vaisseau des Mamertins, c'est qu'ils sont nos confédérés. Grâce au ciel, nous avons un préteur élevé à l'école des Féciaux, un saint et scrupuleux observateur de la foi des traités! Hâtons-nous de livrer aux Mamertins tous vos prédécesseurs qui ont exigé d'eux un vaisseau contre la teneur du traité. Toutefois, homme intègre et religieux, les Taurominiens sont aussi nos confédérés : pourquoi exiger d'eux un vaisseau? Nous ferez-vous croire que, les droits des deux peuples étant égaux, vous n'avez pas mis un prix à cette variation de principes, à cette inégalité de traitement?

50. Eh! si je fais voir, par le texte même des traités conclus avec l'un et avec l'autre, que les Taurominiens sont expressément dispensés de fournir un vaisseau, que les Mamertins y sont formellement obligés, que Verrès a doublement enfreint le traité, en imposant les uns, en exemptant les autres, pourrez-vous douter que, sous sa préture, le Cybée n'ait été un titre plus puissant en faveur des Mamertins, que le traité d'alliance en faveur des Taurominiens? Qu'on lise les traités. TRAITÉ D'ALLIANCE DES MAMERTINS ET DES TAUROMINIENS AVEC LE PEUPLE ROMAIN.

XX. 51. Par cette exemption que vous nommez bienfait, et qui n'est dans la réalité que le fruit du trafic le plus honteux, vous avez porté atteinte à la majesté de la république, sacrifié les secours dus au peuple romain, et les ressources que le courage et la sagesse de nos ancêtres lui avaient assurées, anéanti son droit de souveraineté, les conditions des alliances et le souvenir des traités. Des hommes qui, d'après une clause expresse, devaient, à leurs frais et périls, conduire un vaisseau armé en guerre, même jusqu'à l'Océan, si nous l'avions ordonné, ont acheté de vous, au mépris des traités et des droits de notre empire, la dispense de naviguer dans le détroit, à la vue de leurs maisons, et de défendre leur port et leurs propres murailles.

52. A quels travaux, à quels services, à quelle taxe enfin ne se seraient-ils pas soumis, pour que cette obligation ne leur fût pas imposée par le traité? Outre que cette clause était onéreuse pour eux, elle semblait imprimer à leur alliance la tache de la servitude. Eh bien! ce que nos ancêtres refusèrent à leurs sollicitations, lorsque leurs services étaient récents, lorsque l'usage n'était pas encore établi, lorsque le peuple romain n'éprouvait aucun besoin pressant, ces mêmes peuples, sans aucun nouveau service, après un si long espace

officio suo, tot annis post, jure imperii nostri quotannis usurpatum ac semper retentum, summa in difficultate navium, a C. Verre pretio assecuti sunt. At non hoc solum sunt assecuti, ne navem darent : ecquem nautam, ecquem militem, qui aut in classe, aut in præsidio esset, te prætore, per triennium Mamertini dederunt?

XXI. 53. Denique quum ex senatusconsulto, itemque ex lege Terentia et Cassia[1], frumentum æquabiliter emi ab omnibus Siciliæ civitatibus oporteret, id quoque munus leve atque commune Mamertinis remisisti. Dices frumentum Mamertinos non debere. Quomodo, *non debere?* an, ut ne venderent? non enim erat hoc genus frumenti ex eo genere quod exigeretur, sed ex eo quod emeretur[2]. Te igitur auctore et interprete, ne foro quidem et commeatu Mamertini populum romanum juvare debuerunt.

54. Quæ tandem civitas fuit, quæ deberet? Qui publicos agros arant, certum est quid ex lege censoria dare debeant : cur iis quidquam præterea ex alio genere imperavisti? Quid? decumani numquid præter singulas decumas ex lege Hieronica[3] debent? cur iis quoque statuisti quantum ex hoc genere frumenti empti darent? Qui sunt immunes, ii certe nihil debent; at his non modo imperasti, verum etiam, quo plus darent quam poterant, hæc sexagena millia modium, quæ Mamertinis remiseras, addidisti. Neque hoc dico, ceteris non recte imperatum esse : Mamertinis, qui erant in eadem causa, quibus superiores omnes prætores, item ut ceteris, imperarant, pecuniamque ex senatusconsulto et ex lege dissolverant; his dico non recte remissum. Et, ut hoc beneficium, quemadmodum dicitur, trabali clavo figeret, cum consilio causam Mamertinorum cognoscit, et de consilii sententia Mamertinis se frumentum non imperare pronuntiat.

55. Audite decretum mercenarii prætoris ex ipsius commentario, et cognoscite quanta in scribendo gravitas, quanta in constituendo jure sit auctoritas. Recita commentarium. DECRETUM EX COMMENTARIO. *Libenter* ait se facere : itaque perscribit. Quid? si hoc verbo non esses usus, *libenter,* nos videlicet invitum te quæstum facere putaremus? *Ac de consilii sententia.* Præclarum recitari consilium, judices, audistis : utrum vobis

de temps, quand notre droit avait été consacré chaque année par une possession constante, quand nous avions le plus grand besoin de vaisseaux, ces mêmes peuples l'ont obtenu de Verrès pour une somme d'argent. Et cette faveur n'est pas la seule. En effet, pendant les trois années de sa préture, les Mamertins ont-ils fourni un matelot, un soldat pour le service de la flotte ou des garnisons?

XXI. 53. Enfin, lorsqu'un décret du sénat et la loi Térentia-Cassia vous ordonnaient d'acheter dans toutes les villes de la Sicile une quantité de blé proportionnée à leurs moyens, vous avez encore dispensé les Mamertins de cette charge légère et commune. Vous direz qu'ils ne doivent point de blé. Comment l'entendez-vous? est-ce à dire qu'ils sont dispensés de nous en vendre? car je ne parle ici que du blé qui doit être acheté. Ainsi, d'après votre interprétation, ils n'ont pas dû même nous ouvrir leurs marchés, et vendre des vivres au peuple romain.

54. Quelle ville y était donc obligée? Le bail des censeurs détermine ce que doivent rendre à l'état les cultivateurs de nos domaines. Pourquoi leur avoir imposé des redevances d'un autre genre? Aux termes de la loi d'Hiéron, les cantons soumis à la dîme doivent-ils autre chose que le dixième de leurs blés? Pourquoi les avoir taxés aussi pour leur part du blé acheté par la république? Certes les pays exempts ne doivent rien; et cependant vous les avez imposés, même au delà de leurs moyens, en les surchargeant de soixante mille boisseaux dont vous aviez fait remise aux Mamertins. Je ne dis pas que vous ayez eu tort d'exiger des autres villes, mais je soutiens que vous avez mal fait d'exempter Messine, dont la cause était la même, à qui tous vos prédécesseurs avaient imposé cette obligation, et payé le prix réglé par le senatus-consulte et par la loi. Afin d'affermir son bienfait sur une base solide, il examine l'affaire dans son conseil, et prononce que, de l'avis de son conseil, il n'exige point de blé des Mamertins.

55. Écoutez le décret de ce préteur mercenaire, tel qu'il est consigné dans son registre, et voyez quelle dignité règne dans la rédaction, et combien est imposante l'autorité par qui cette question a été décidée. Extrait du registre de Verrès. Il dit qu'il le fait *avec plaisir*. Ce sont les termes du décret. Sans ces mots, *avec plaisir*, nous aurions pu croire que c'est malgré lui qu'il gagne de l'argent. *De l'avis de notre conseil*. On vous a lu, citoyens, la liste des mem-

consilium recitari tandem prætoris videbatur, quum audiebatis nomina, an prædonis improbissimi societas atque comitatus?

56. En fœderum interpretes, societatis pactores, religionis auctores. Nunquam in Sicilia frumentum publice est emptum, quin Mamertinis pro portione imperaretur, antequam hoc delectum præclarumque consilium iste dedit, ut ab his nummos acciperet, ac sui similis esset. Itaque tantum valuit istius decreti auctoritas, quantum debuit ejus hominis, qui, a quibus frumentum emere debuisset, iis decretum vendidisset. Nam statim L. Metellus, ut isti successit, ex C. Sacerdotis et Sex. Peducæi instituto ac litteris, frumentum Mamertinis imperavit. Tum illi intellexerunt se id, quod a malo auctore emissent, diutius obtinere non posse.

XXII. 57. Age porro, tu, qui te tam religiosum existimari voluisti interpretem fœderum, cur Taurominitanis frumentum, cur Netinis imperasti? quarum civitatum utraque fœderata est. Ac Netini quidem sibi non defuerunt : nam simul ac pronuntiasti, *libenter* te Mamertinis quiddam remittere, te adierunt, et eamdem suam causam fœderis esse docuerunt. Tu aliter decernere in eadem causa non potuisti. Pronuntias Netinos frumentum dare non oportere; et ab his tamen exigis. Cedo mihi ejusdem prætoris litteras et rerum decretarum, et frumenti imperati, et tritici empti. LITTERÆ PRÆTORIS RERUM DECRETARUM, FRUMENTI IMPERATI, ET TRITICI EMPTI. Quid potius in hac tanta ac tam turpi inconstantia suspicari possumus, judices, quam id, quod necesse est; aut isti a Netinis pecuniam, quum posceret, non datam; aut id esse actum, ut intelligerent Mamertini, bene se apud istum tam multa pretia ac munera collocasse, quum idem alii juris ex eadem causa non obtinerent?

58. Hic mihi etiam audebit mentionem facere Mamertinæ laudationis? in qua quam multa sint vulnera, quis est vestrum, judices, quin intelligat? Primum, in judiciis, qui decem laudatores dare non potest, honestius est ei nullum dare, quam illum quasi legitimum numerum consuetudinis non explere. Tot in Sicilia civitates sunt, quibus tu per triennium præfuisti :

bres de ce conseil respectable : de bonne foi, pensiez-vous entendre alors les noms des assesseurs d'un magistrat, ou ceux des associés du plus infâme brigand ?

56. Voilà donc les hommes chargés d'interpréter les alliances, de saisir l'esprit des traités, et d'en assurer les droits augustes et sacrés ! Avant que Verrès se fût adjoint ce conseil si éclairé, si bien choisi, pour se faire autoriser à recevoir l'argent des Mamertins et à ne pas démentir son caractère, jamais la république n'avait acheté de blés en Sicile, que Messine n'eût fourni son contingent. Aussi le décret n'eut pas plus de durée que le pouvoir de l'homme qui avait vendu des exemptions à ceux dont il avait dû acheter les blés ; car à peine Métellus eut-il été installé dans la province, qu'ils furent taxés conformément au règlement et aux registres de Sacerdos et de Péducéus. Ils comprirent alors que c'est toujours faire un mauvais marché que d'acheter d'un homme qui n'a pas droit de vendre.

XXII. 57. Dites-nous donc, scrupuleux interprète des traités, pourquoi avez-vous exigé du blé de Taurominium et de Nétum? Ces deux villes sont nos confédérées. Il est vrai que les Nétiniens ne s'oublièrent pas. Dès que vous eûtes prononcé que vous faisiez avec plaisir cette remise aux Mamertins, ils vinrent à vous, et montrèrent que les conditions de leur alliance étaient absolument les mêmes. Dans une cause toute pareille, vous ne pouviez décider d'une manière différente. Vous prononcez que les Nétiniens ne doivent pas de blé : et cependant vous leur enjoignez d'en fournir. Lisez les registres du préteur et ses ordonnances concernant l'imposition et l'achat des blés. ORDONNANCES DE VERRÈS CONCERNANT L'IMPOSITION ET L'ACHAT DES BLÉS. Que prouve une inconséquence aussi manifeste, aussi honteuse? Une seule idée se présente nécessairement à nous, c'est que les Nétiniens ne lui ont pas donné la somme qu'il demandait, ou qu'il a voulu faire sentir aux Mamertins qu'ils avaient bien placé leur argent et leurs présents, puisqu'avec les mêmes droits, les autres n'obtenaient pas la même faveur.

58. Et cet homme osera se prévaloir encore de l'éloge des Mamertins? Qui de vous ne voit pas sous combien de rapports cet éloge même lui devient fatal? D'abord, un accusé qui ne peut produire en sa faveur les témoignages de dix villes, fait plus pour son honneur, de n'en présenter aucun, que de ne pas compléter le nombre prescrit par l'usage. Or, Verrès, de tant de villes que vous avez gouvernées pendant les trois années de votre préture, le plus grand

arguunt ceteræ; paucæ et parvæ, metu repressæ, silent; una laudat. Hoc quid est, nisi intelligere quid habeat utilitatis vera laudatio; sed tamen ita provinciæ præfuisse, ut hac utilitate necessario sit carendum?

59. Deinde, id quod alio loco ante dixi, quæ est ista tandem laudatio, cujus laudationis legati principes, et publice tibi navem ædificatam, et privatim se ipsos abs te spoliatos expilatosque esse dixerunt? Postremo, quid aliud isti faciunt, quum te soli ex Sicilia laudant, nisi testimonio nobis sunt, te omnia sibi esse largitum, quæ tu de republica nostra detraxeris? Quæ colonia est in Italia tam bono jure, quod tam immune municipium, quod per hosce annos tam commoda vacatione sit usum omnium rerum, quam mamertina civitas per triennium? Soli, ex fœdere quod debuerunt, non dederunt; soli, isto prætore, omnium rerum immunes fuerunt; soli, in istius imperio, ea conditione vitæ fuerunt, ut populo romano nihil darent, Verri nihil denegarent.

XXIII. 60. Verum, ut ad classem, quo ex loco sum digressus, revertar, accepisti a Mamertinis navem contra leges, remisisti contra fœdera : ita in una civitate bis improbus fuisti; quum et remisisti quod non oportebat, et accepisti quod non licebat. Exigere te oportuit navem, quæ contra prædones, non quæ cum præda, navigaret; quæ defenderet ne provincia spoliaretur, non quæ provinciæ spolia portaret. Mamertini tibi, et urbem quo furta undique deportares, et navem qua exportares, præbuerunt. Illud tibi oppidum receptaculum prædæ fuit; illi homines testes custodesque furtorum; illi tibi et locum furtis et furtorum vehiculum comparaverunt. Itaque ne tum quidem, quum classem avaritia ac nequitia tua perdidisti, navem Mamertinis imperare ausus es : quo tempore in tanta inopia navium tantaque calamitate provinciæ, etiamsi precario essent rogandi, tamen ab his impetraretur. Reprimebat enim tibi et imperandi vim et rogandi conatum præclara illa, non populo romano reddita biremis, sed prætori donata Cybea : ea fuit merces imperii, auxilii, juris, consuetudinis, fœderis.

61. Habetis unius civitatis firmum auxilium amissum, ac venditum pretio. Cognoscite nunc novam prædandi rationem, ab hoc primum excogitatam.

nombre vous accuse; quelques-unes se taisent parce qu'elles n'osent se plaindre, une seule vous loue : n'est-ce pas assez nous dire que vous sentez le prix d'un véritable éloge, mais que votre conduite dans l'administration de la province vous a nécessairement enlevé cet avantage?

59. En second lieu, et j'en ai déjà fait l'observation, quelle idée peut-on avoir de cet éloge, quand les chefs de la députation déposent que la ville vous a fait construire un vaisseau, et qu'eux-mêmes personnellement ont été victimes des vexations les plus atroces? Enfin lorsque, seuls de tous les Siciliens, ils louent votre conduite, que prouvent-ils? que vous les avez gratifiés de tout ce que vous ôtiez à la république. Citez dans l'Italie entière une colonie, une ville municipale, quelque privilégiée qu'elle puisse être, qui, dans ces dernières années, ait joui d'autant d'exemptions que les Mamertins durant toute votre préture. Seuls, ils n'ont point fourni ce qu'ils devaient aux termes mêmes de leur traité; seuls, ils ont été affranchis de toute charge; seuls, on les a vus ne rien donner au peuple romain, ne rien refuser à Verrès.

XXIII. 60. Mais c'est avoir trop longtemps perdu la flotte de vue. Vous avez, malgré les lois, reçu un vaisseau des Mamertins; et, malgré les traités, vous les avez exemptés d'un vaisseau. C'est avoir été doublement prévaricateur à l'égard d'une seule ville, d'abord en lui faisant remise de ce qu'il fallait exiger, ensuite en recevant ce qu'il ne vous était pas permis d'accepter. Votre devoir était d'exiger un vaisseau pour combattre les pirates, et non pour transporter vos rapines; pour empêcher que la province ne fût dépouillée, et non pour enlever les dépouilles de la province. Les Mamertins vous ont fourni une ville pour y rassembler tout votre butin, et un vaisseau pour l'emporter de la Sicile. Messine a été l'entrepôt de vos brigandages; ses habitants en ont été les confidents et les gardiens; ils ont recélé la proie, et donné les moyens de la conduire à Rome. Aussi, lorsque vous eûtes perdu votre flotte par votre avarice et par votre lâcheté, vous n'osâtes pas requérir le vaisseau qu'ils devaient, que, même sans le devoir, ils auraient accordé aux besoins pressants de la république et aux malheurs de la province. Mais ce magnifique Cybée donné au préteur, au détriment du peuple romain, ne vous laissait ni le droit de commander ni la hardiesse de prier. Les droits de l'empire, les secours qui nous étaient dus, qu'ils nous avaient constamment fournis, que les traités nous assuraient, tout cela est devenu le prix du Cybée.

61. Vous voyez les ressources que nous pouvions espérer d'une ville puissante, perdues pour nous et vendues au profit du préteur. Connaissez à présent une nouvelle invention de Verrès dans l'art du vol et de la rapine.

XXIV. 62. Sumptum omnem in classem frumento, stipendio, ceterisque rebus navarcho suo quæque civitas semper dare solebat. Is neque ut accusaretur a nautis committere audebat, et civibus suis rationem referre debebat : in illo omni negotio, non modo labore, sed etiam periculo suo versabatur. Erat hoc, ut dico, factitatum semper, nec solum in Sicilia, sed in omnibus provinciis; etiam in sociorum et Latinorum stipendio ac sumptu, tum quum illorum auxiliis uti solebamus[1]. Verres post imperium constitutum primus imperavit, ut ea pecunia omnis a civitatibus sibi adnumeraretur, ut is pecuniam tractaret, quem ipse præfecisset.

63. Cui potest esse dubium quamobrem et omnium consuetudinem veterem primus immutaris, et tantam utilitatem per alios tractandæ pecuniæ neglexeris, et tantam difficultatem cum crimine, molestiam cum suspicione susceperis? Deinde alii quæstus instituuntur, ex uno genere navali, videte quam multi : accipere a civitatibus pecunias, ne nautas darent; pretio certo missos facere nautas; missorum omne stipendium lucrari; reliquis quod deberet non dare. Hæc omnia, ex civitatum testimoniis cognoscite. Recita testimonia civitatum. TESTIMONIA CIVITATUM.

XXV. 64. Hunccine hominem? hanccine impudentiam, judices? hanccine audaciam? civitatibus pro numero militum pecuniarum summas describere? certum pretium, sexcentenos nummos, nautarum missioni constituere? quos qui dederat, commeatum totius æstatis abstulerat : iste, quod ejus nautæ nomine pro stipendio frumentoque acceperat, lucrabatur. Itaque quæstus duplex unius missione fiebat. Atque hæc homo amentissimus in tanto prædonum impetu tantoque periculo provinciæ sic palam faciebat, ut et ipsi prædones scirent, et tota provincia testis esset.

65. Quum propter istius hanc tantam avaritiam, nomine classis esset in Sicilia, re quidem vera naves inanes, quæ prædam prætori, non quæ prædonibus metum afferrent; tamen, quum P. Cæsetius et P. Tadius decem navibus his semiplenis navigarent, navem quamdam piratarum, præda refertam non ceperunt, sed abduxerunt, onere suo plane captam atque depressam. Erat ea navis plena juventutis formosissimæ,

XXIV. 62. C'était l'usage que chaque cité remît au capitaine de son vaisseau l'argent nécessaire pour le blé, pour la paie et les autres frais d'entretien. La crainte d'être accusé par les matelots était un frein pour cet officier. D'ailleurs il était tenu de rendre compte : il ne trouvait dans cette fonction que de la peine et des dangers. Tel était l'usage observé de tout temps, non-seulement dans la Sicile, mais dans toutes les provinces, même chez nos alliés latins, lorsqu'ils nous servaient comme auxiliaires. Verrès est le premier, depuis la fondation de Rome, qui ait ordonné que cet argent lui serait remis par les villes, et que l'emploi en serait confié au préposé qu'il aurait choisi.

63. On voit clairement pourquoi, le premier de tous, il a changé l'ancien usage; pourquoi il a négligé l'avantage qu'il trouvait à laisser à d'autres l'emploi de ces fonds; pourquoi il s'est chargé d'une multitude de soins et de détails qui ne pouvaient que l'exposer aux reproches et aux soupçons. Et remarquez combien d'autres profits encore il savait tirer de cette seule partie de l'administration. Recevoir de l'argent des villes pour ne pas fournir des matelots, vendre aux matelots des congés à prix fixe, garder pour lui la paie de ceux qu'il avait licenciés, ne rien donner à ceux qui restaient; voilà ses opérations de finances, et voilà ce que prouvent les dépositions des villes : on va vous en faire lecture. DÉPOSITIONS DES VILLES.

XXV. 64. Quel homme! quelle impudence! quelle audace! Taxer les villes en raison du nombre de soldats! fixer à six cents sesterces les congés des matelots! Quiconque en achetait était dispensé du service. Mais ce que la ville payait pour la solde et pour le blé de cet homme, Verrès en faisait son profit. Ainsi chaque congé lui procurait un double gain; et c'était au moment où les pirates inspiraient tant d'effroi, où tant de dangers menaçaient la province, qu'il faisait ces honteux marchés avec une telle publicité, que les pirates eux-mêmes en étaient instruits, et que toute la province en était témoin.

65. Ainsi donc son insatiable avarice n'avait laissé en Sicile qu'un fantôme de flotte, c'est-à-dire quelques vaisseaux vides, plus propres à porter le butin du préteur qu'à réprimer les efforts des pirates. Cependant Césétius et Tadius, qui étaient en mer avec dix de ces vaisseaux mal équipés, prirent, ce n'est pas le mot, emmenèrent un vaisseau des pirates hors d'état de se défendre, et presque submergé par le butin dont il était chargé. Il portait un grand nombre de

plena argenti facti atque signati, multa cum stragula veste. Hæc una navis a classe nostra non capta est, sed inventa ad Megaridem, qui locus est non longe a Syracusis. Quod ubi isti nuntiatum est, tametsi in acta cum mulierculis jacebat ebrius, erexit se tamen, et statim quæstori legatoque suo custodes misit complures, ut omnia sibi integra quam primum exhiberentur.

66. Appellitur navis Syracusas : exspectatur ab omnibus ; supplicium sumi de captivis putatur : iste, quasi præda sibi advecta, non prædonibus captis, si qui senes aut deformes erant, eos in hostium numero ducit; qui aliquid formæ, ætatis artificiique habebant, abducit omnes ; nonnullos scribis suis, filio cohortique distribuit ; symphoniacos homines sex cuidam amico suo Romam muneri misit. Nox illa tota exinanienda navi consumitur. Archipiratam ipsum videt nemo, de quo supplicium sumi oportuit : hodieque omnes sic habent (quid ejus sit, vos conjectura quoque assequi debetis), istum clam a piratis ob hunc archipiratam pecuniam accepisse.

XXVI. 67. Conjectura bona est. Judex esse bonus nemo potest, qui suspicione certa non movetur. Hominem nostis; consuetudinem omnium tenetis : qui ducem prædonum aut hostium ceperit, quam libenter eum palam ante oculos omnium esse patiatur. Hominem in tanto conventu Syracusis vidi neminem, judices, qui archipiratam captum vidisse se diceret, quum omnes, ut mos est, ut solet fieri, concurrerent, quærerent, videre cuperent. Quid accidit, cur tantopere iste homo occultaretur, ut eum ne casu quidem quisquam adspicere posset? Homines maritimi Syracusis, qui sæpe istius ducis nomen audissent, quum eum sæpe timuissent, quum ejus cruciatu atque supplicio pascere oculos animumque exsaturare vellent, potestas adspiciendi nemini facta est.

68. Unus plures prædonum duces vivos cepit P. Servilius[1], quam omnes antea. Ecquando igitur isto fructu quisquam caruit, ut videre piratam captum non liceret? At contra, quacunque iter fecit, hoc jucundissimum spectaculum omnibus vinctorum captorumque hostium præbebat. Itaque ei concursus undique fiebant, ut non modo ex his oppidis qua ducebantur,

jeunes esclaves d'une belle figure, une immense quantité d'argenterie, d'argent monnayé, d'étoffes précieuses. Ce seul vaisseau fut pris, ou pour mieux dire, fut trouvé par notre flotte, dans les eaux de Mégaris, non loin de Syracuse. La nouvelle en arrive à Verrès. Il était alors sur le rivage, étendu ivre au milieu de ses femmes. Il se réveille, et, sans perdre de temps, il envoie à son questeur et à son lieutenant des hommes affidés pour que tout lui soit présenté le plus tôt possible et sans aucune distraction.

66. Le vaisseau aborde à Syracuse : l'impatience est générale ; on jouit d'avance du supplice des prisonniers ; mais lui, qui dans cette prise ne voit qu'une proie qu'on lui amène, ne répute ennemis que les hommes vieux ou difformes. Il met en réserve tous ceux qui ont de la figure, de la jeunesse ou des talents. Il en distribue quelques-uns à ses secrétaires, à son fils, à ses favoris. Six musiciens sont envoyés à Rome, à un de ses amis. Toute la nuit se passe à vider le vaisseau. Mais personne ne voit le chef des pirates, qu'il était de son devoir de livrer au supplice. Aujourd'hui tous les Siciliens pensent, et vous pouvez vous-mêmes conjecturer ce qu'il en est, que Verrès a reçu de l'argent des pirates pour sauver leur chef.

XXVI. 67. La conjecture est permise, et de bons juges ne peuvent rejeter des soupçons aussi bien fondés. Vous connaissez le personnage ; vous savez l'usage de tous les autres généraux. Quand ils ont pris un chef de pirates ou d'ennemis, avec quel plaisir ils le livrent aux regards publics ! Cette fois-ci, les Syracusains accoururent avec l'empressement ordinaire : tous les yeux cherchaient ce pirate, tous désiraient le voir. Eh bien ! citoyens, parmi cette foule immense de curieux, je n'ai trouvé personne qui m'ait pu dire, *Je l'ai vu*. Par quelle fatalité cet homme a-t-il été si bien caché que personne ne l'ait aperçu, même par hasard ? Les marins de Syracuse, qui l'avaient entendu nommer tant de fois, que tant de fois il avait fait trembler, qui se promettaient d'assouvir leur haine et de repaître leurs yeux du spectacle de son supplice, ne sont pas même parvenus à le voir.

68. P. Servilius a pris lui seul plus de pirates que tous les généraux qui l'avaient précédé. Refusa-t-il jamais à personne le plaisir de voir un pirate dans les fers ? Au contraire, partout où il passait, il offrit aux regards des peuples cette longue suite d'ennemis enchaînés. Aussi l'on accourait de toutes parts, et non-seulement des villes qui se trouvaient sur la route, mais de tous les lieux circon-

sed etiam ex finitimis, visendi causa, convenirent. Ipse autem triumphus quamobrem omnium triumphorum gratissimus populo romano fuit atque jucundissimus? Quia nihil est victoria dulcius : nullum est autem testimonium victoriæ certius, quam, quos sæpe metueris, eos te vinctos ad supplicium duci videre.

69. Hoc tu quamobrem non fecisti? quamobrem ita iste pirata celatus est, quasi eum adspicere nefas esset? quamobrem supplicium non sumpsisti? quam ob causam hominem reservasti? Ecquem audisti in Sicilia antea captum archipiratam, qui non securi percussus sit? unum cedo auctorem tui facti; unius profer exemplum. Vivum tu archipiratam servabas, quem per triumphum, credo, quem ante currum tuum duceres. Neque enim quidquam erat jam reliquum, nisi ut, classe populi romani pulcherrima amissa, provinciaque lacerata, triumphus navalis tibi decerneretur.

XXVII. 70. Age porro : custodiri ducem prædonum novo more, quam securi feriri omnium exemplo, magis placuit. Quæ sunt istæ custodiæ? apud quos homines? quemadmodum est asservatus? Latomias Syracusanas omnes audistis; plerique nostis. Opus est ingens, magnificum, regum ac tyrannorum : totum est ex saxo in mirandam altitudinem depresso, et multorum operis penitus exciso : nihil tam clausum ad exitus, nihil tam septum undique, nihil tam tutum ad custodias, nec fieri, nec cogitari potest. In has Latomias, si qui publice custodiendi sunt, etiam ex ceteris oppidis Siciliæ deduci imperantur.

71. Eo quod multos captivos cives romanos conjecerat, et quod eodem ceteros piratas contrudi imperarat, intellexit, si hunc subdititium archipiratam in eamdem custodiam dedisset, fore ut a multis, illis in Latomiis, verus ille dux quæreretur. Itaque hominem huic optimæ tutissimæque custodiæ non audet committere; denique Syracusas totas timet : amandat hominem. Quo? Lilybæum fortasse? Video : tamen homines maritimos non plane reformidat. Minime, judices. Panormum igitur? Audio : quanquam Syracusis, quoniam in Syracusano captus erat, maxime, si minus supplicio affici, at custodiri oportebat. Ne Panormum quidem.

voisins, on s'empressait pour jouir de ce spectacle. Et pourquoi son triomphe a-t-il été, pour le peuple romain, le plus flatteur et le plus agréable de tous les triomphes? C'est qu'il n'y a rien de plus doux que la victoire, et qu'il n'est point de preuve plus irrécusable de la victoire, que de voir chargés de chaînes et conduits au supplice des ennemis qu'on a longtemps redoutés.

69. Et vous, pourquoi ne pas agir de même? pourquoi soustraire ce pirate aux yeux de tous, comme si l'on n'eût pu le regarder sans offenser les dieux? pourquoi ne pas l'envoyer au supplice? dans quel dessein le gardiez-vous? Jamais un chef de pirates a-t-il été pris en Sicile, sans que sa tête soit tombée sous la hache? Citez un seul fait qui vous excuse; produisez un seul exemple. Peut-être vous conserviez ce pirate vivant, afin de le conduire devant votre char, le jour de votre triomphe. En effet, après la perte d'une aussi belle flotte et la dévastation de la province, il ne restait plus qu'à vous décerner le triomphe naval.

XXVII. 70. Eh bien! soit: Verrès s'est fait un système à lui. Il a mieux aimé garder ce chef en prison que de le frapper de la hache. Or, dans quelle prison, chez quels peuples, de quelle manière ce chef a-t-il été gardé? Vous avez tous entendu parler des Latomies de Syracuse; plusieurs de vous les ont vues. Cette carrière immense, prodigieuse, ouvrage des rois et des tyrans, a été tout entière taillée dans le roc, et la main des hommes l'a creusée à une profondeur effrayante. Il est impossible de construire, d'imaginer même une prison aussi exactement fermée, aussi forte, aussi sûre. On y conduit, même des autres villes de la Sicile, tous les prisonniers dont le gouvernement veut s'assurer.

71. Comme Verrès avait entassé dans ces Latomies un grand nombre de citoyens romains, et qu'il avait donné l'ordre d'y jeter les autres pirates, il sentit que, s'il y faisait entrer l'homme qu'il substituait au véritable chef, la supercherie serait bientôt découverte. Ainsi donc cette prison et si forte et si sûre ne l'est pas assez pour lui. D'ailleurs Syracuse entière lui est suspecte. Il éloigne cet homme; mais où l'envoie-t-il? à Lilybée peut-être? En ce cas, il n'est donc pas vrai qu'il redoute si fort les gens de mer. Mais ce n'est pas à Lilybée; c'est donc à Palerme? à la bonne heure. Toutefois je pourrais observer que le pirate ayant été pris dans les dépendances de Syracuse, il devait être exécuté, ou du moins détenu à Syracuse. Au surplus, ce n'est pas encore à Palerme.

72. Quid igitur? quo putatis? Ad homines a piratarum metu et suspicione alienissimos, a navigando rebusque maritimis remotissimos; ad Centuripinos, homines maxime mediterraneos [1], summos aratores, qui nomen nunquam timuissent maritimi prædonis; unum, te prætore, horruissent Apronium [2], terrestrem archipiratam. Et, ut quivis facile perspiceret id ab isto actum esse, ut ille suppositus facile et libenter se illum qui non erat, esse simularet, imperat Centuripinis, ut is victu ceterisque rebus quam liberalissime commodissimeque habeatur.

XXVIII. 73. Interea Syracusani, homines periti et humani, qui non modo ea quæ perspicua essent, videre, verum etiam occulta suspicari possent, habebant rationem omnes quotidie piratarum qui securi ferirentur : quam multos esse oporteret, ex ipso navigio quod erat captum, et ex remorum numero, conjiciebant. Iste, quod omnes qui artificii aliquid habuerant aut formæ, removerat atque abduxerat, reliquos si, ut consuetudo est, universos ad palum alligasset, clamorem populi fore suspicabatur, quum tanto plures abducti essent, quam relicti; propter hanc causam, quum instituisset alios alio tempore producere, tamen in tanto conventu nemo erat, quin rationem numerumque haberet, et reliquos non desideraret solum, sed etiam posceret et flagitaret.

74. Quum maximus numerus deesset, tum iste homo nefarius in eorum locum quos domum suam de piratis abduxerat, substituere et supponere cœpit cives romanos, quos in carcerem antea conjecerat : quorum alios Sertorianos milites fuisse insimulabat, et ex Hispania fugientes [3] ad Siciliam appulsos esse dicebat; alios, qui a prædonibus erant capti, quum mercaturas facerent, aut aliquam aliam ob causam navigarent, sua voluntate cum piratis fuisse arguebat. Itaque alii cives romani, ne cognoscerentur, capitibus obvolutis e carcere ad palum atque ad necem rapiebantur; alii, quum a multis civibus romanis recognoscerentur, ab omnibus defenderentur, securi feriebantur. Quorum ego de acerbissima morte crudelissimoque cruciatu dicam, quum eum locum tractare cœpero; et ita dicam, ut, si me in ea querimonia, quam sum habiturus de istius crudelitate et de civium romanorum indignissima morte, non modo vires, verum etiam vita deficiat, id mihi præclarum et jucundum putem.

72. Où donc enfin? Chez les hommes qui sont le plus à l'abri des pirates, le moins à portée de les connaître, chez des hommes tout à fait étrangers à la mer et à la navigation, chez les Centorbiens, placés au milieu des terres, uniquement occupés du labourage, qui de leur vie n'avaient craint les pirates, et qui, sous la préture de Verrès, n'ont redouté que les courses d'Apronius, ce fameux écumeur de terre ferme. Afin que personne n'ignore qu'il a tout fait pour engager le faux pirate à bien jouer son rôle, il ordonne aux Centorbiens de lui fournir en abondance tous les besoins et toutes les commodités de la vie.

XXVIII. 73. Cependant les Syracusains, qui ont de l'usage et de l'esprit, qui savent fort bien voir ce qu'on leur montre et deviner encore ce qu'on leur cache, tenaient un registre exact des exécutions qui se faisaient chaque jour. Ils calculaient le nombre des pirates d'après la grandeur du vaisseau et la quantité des rames. Verrès avait mis à l'écart tous ceux qui avaient de la figure et des talents. Faire exécuter tous les autres à la fois, comme c'est l'usage, c'était s'exposer à une réclamation universelle, lorsqu'on verrait qu'il en manquait plus de la moitié. Il prit le parti de les envoyer au supplice en détail, et en des temps différents. Mais dans une ville aussi peuplée, il n'était personne qui ne tînt un registre fidèle; tous savaient combien il en restait encore; ils les demandaient, et même avec importunité.

74. Dans cet embarras, cet homme abominable imagina de substituer aux pirates qu'il avait retirés chez lui, les citoyens romains dont il avait rempli la prison. A l'entendre, les uns étaient des soldats de Sertorius, qui avaient abordé en Sicile, lorsqu'ils fuyaient d'Espagne; les autres, qui avaient été pris par les pirates, pendant qu'ils naviguaient pour leur commerce, ou pour d'autres affaires, s'étaient, disait-il, volontairement associés aux pirates. Les uns étaient traînés de la prison à la mort, la tête voilée, afin qu'ils ne fussent pas reconnus: d'autres, quoique reconnus par un grand nombre de citoyens, quoique réclamés par tous, n'en périssaient pas moins par le fer des bourreaux. Je peindrai l'horreur de leur mort et l'atrocité de leur supplice, lorsque je parlerai des Romains qu'il a fait périr; ma voix s'élèvera pour vous dénoncer des cruautés inouïes, pour réclamer vengeance contre le bourreau de mes concitoyens; et si, dans l'excès de ma douleur et de mes plaintes, les forces et la vie même viennent à m'abandonner, je m'applaudirai, en expirant, de mourir pour une si belle cause.

XXIX. 75. Hæc igitur est gesta res, hæc victoria præclara: myoparone piratico capto, dux liberatus; symphoniaci Romam missi; formosi homines, et adolescentes, et artifices domum abducti; in eorum locum et ad eorum numerum cives romani hostilem in modum cruciati et necati; omnis vestis ablata; omne aurum et argentum ablatum et aversum. At quemadmodum ipse sese induit priore actione? Qui tot dies tacuisset, repente in M. Annii, hominis splendidissimi, testimonio, quum is cives romanos dixisset, et archipiratam negasset securi esse percussum, exsiluit conscientia sceleris, et furore ex maleficiis concepto excitatus, dixit se, quod sciret sibi crimini datum iri pecuniam accepisse, neque de vero archipirata sumpsisse supplicium, ideo securi non percussisse; domi esse apud sese archipiratas dixit duos.

76. O clementiam populi romani, seu potius patientiam miram ac singularem! Civem romanum securi esse percussum Annius eques romanus dicit: taces. Archipiratam negat: fateris. Fit in eo gemitus omnium et clamor; quum tamen a præsenti supplicio tuo se continuit populus romanus et repressit, et salutis suæ rationem judicum severitati reservavit. Qui sciebas tibi crimini datum iri? quamobrem sciebas? quamobrem etiam suspicabare? inimicum habebas neminem: si haberes, tamen non ita vixeras, ut metum judicii propositum habere deberes. An te, id quod fieri solet, conscientia timidum suspiciosumque faciebat? Qui igitur, quum esses cum imperio, jam tum judicium et crimen horrebas; reus, quum tot testibus coarguare, potes de damnatione dubitare?

77. Verum si crimen hoc metuebas, ne quis abs te suppositum esse diceret, qui pro archipirata securi feriretur, utrum tandem tibi ad defensionem firmius fore putasti in judicio, coactu atque efflagitatu meo, producere ad ignotos tanto post eum quem archipiratam esse diceres, an recenti re, Syracusis apud notos, inspectante Sicilia pæne tota, securi ferire? Vide quid intersit, utrum faciendum fuerit. In illo reprehensio nulla esse potuit; hic defensio nulla est. Itaque illud semper omnes

XXIX. 75. Ainsi donc, un brigantin pris aux pirates; leur chef délivré; des musiciens envoyés à Rome; ceux à qui l'on avait trouvé de la figure, de la jeunesse et des talents, emmenés chez le préteur; à leur place, et en pareil nombre, des citoyens romains traités en ennemis et livrés à la mort; les étoffes, l'or, l'argent saisis, détournés au profit de Verrès : tels sont les exploits de ce grand guerrier; telle est cette étonnante victoire. Quel fatal aveu lui est échappé dans la première action! M. Annius venait de déposer qu'un chevalier romain avait péri sous la hache : il certifiait que le chef des pirates n'avait pas été mis à mort. Verrès qui, depuis tant de jours, gardait le silence, se réveilla tout à coup; pressé par sa conscience, tourmenté par le souvenir de ses forfaits, il dit qu'il ne l'avait pas fait mourir, parce qu'il savait qu'on l'accuserait d'avoir reçu de l'argent et de n'avoir pas envoyé le véritable chef au supplice; qu'au surplus, il avait deux chefs de pirates dans sa maison.

76. O clémence! disons mieux, ô patience admirable du peuple romain! Annius dépose qu'un citoyen de Rome a été exécuté par votre ordre; vous gardez le silence : qu'un chef de pirates ne l'a pas été; vous en faites l'aveu. Des cris de douleur et d'indignation s'élèvent contre vous. Cependant le peuple romain commande à sa juste fureur; il modère ses premiers transports, et remet le soin de sa vengeance à la sévérité des juges. Comment saviez-vous qu'on vous accuserait? pourquoi le saviez-vous? pourquoi en aviez-vous le soupçon? Vous n'aviez pas d'ennemi; et quand vous en auriez eu, votre conduite intègre et pure ne devait pas vous faire redouter l'examen des tribunaux. Était-ce votre conscience qui vous rendait craintif et soupçonneux? Un cœur criminel est sujet à s'alarmer. Mais si, dans le temps même où vous étiez armé du pouvoir, vous redoutiez déjà l'accusation et les tribunaux, aujourd'hui que, mis en jugement, vous êtes convaincu par une foule de témoins, pouvez-vous douter encore de votre condamnation?

77. Vous craigniez, dites-vous, qu'on ne vous accusât d'avoir fait mourir un faux pirate; mais pensiez-vous que votre justification serait bien complète, quand vous viendriez si longtemps après, forcé par ma sommation formelle, présenter aux juges un homme qu'ils n'auraient jamais vu? Ne valait-il pas mieux le faire exécuter sur-le-champ à Syracuse où il était connu, et sous les yeux de la Sicile entière? Voyez quelle différence : alors on ne pouvait rien vous reprocher; aujourd'hui vous ne pouvez rien répondre. Aussi tous les

fecerunt; hoc quis ante te, quis præter te fecerit, quæro. Piratam vivum tenuisti. Quem ad finem? dum cum imperio fuisti. Quamobrem? quam ob causam? quo exemplo? cur tamdiu? cur, inquam, civibus romanis, quos piratæ ceperant, securi statim percussis, ipsis piratis lucis usuram tam diuturnam dedisti?

78. Verum esto : sit tibi illud liberum omne tempus, quod cum imperio fuisti. Etiamne privatus? etiamne reus? etiamne pæne damnatus, hostium duces privata in domo retinuisti? Unum, alterum mensem, prope annum denique, domi tuæ piratæ, a quo tempore capti sunt, quoad per me licitum est, fuerunt; hoc est, quoad per M. Acilium Glabrionem licitum est, qui, postulante me, produci atque in carcerem condi imperavit.

XXX. 79. Quod est hujusce rei jus? quæ consuetudo? quod exemplum? hostem acerrimum atque infestissimum populi romani, seu potius communem hostem gentium nationumque omnium, quisquam omnium mortalium privatus intra mœnia domi suæ retinere poterit?

80. Quid? si pridie, quam a me tu coactus es confiteri, civibus romanis securi percussis, prædonum ducem vivere, apud te habitare; si, inquam, pridie domo tua profugisset; si aliquam manum contra populum romanum facere potuisset, quid diceres? Apud me habitavit; mecum fuit; ego illum ad judicium meum, quo facilius crimen inimicorum diluere possem, vivum atque incolumem reservavi. Itane vero? tu tua pericula communi periculo defendes? tu supplicia, quæ debentur hostibus victis, ad tuum, non ad populi romani tempus conferes? populi romani hostis privatis custodiis asservabitur? At etiam qui triumphant, eoque diutius vivos hostium duces servant, ut, his per triumphum ductis, pulcherrimum spectaculum fructumque victoriæ populus romanus percipere possit, tamen quum de foro in Capitolium currum flectere incipiunt, illos duci in carcerem jubent; idemque dies et victoribus imperii, et victis vitæ finem facit.

81. Et nunc cuiquam credo esse dubium quin tu id commissurus non fueris (præsertim quum statuisses, ut ais, tibi causam esse dicendam), ut ille archipirata non potius securi feri-

généraux ont pris le premier parti ; vainement j'en cherche un seul qui, jusqu'à vous, ait agi comme vous. Vous avez gardé un pirate vivant : combien de temps? jusqu'à la fin de votre préture. Dans quel dessein? par quel motif? d'après quel exemple? pourquoi si longtemps? pourquoi, dis-je, faire périr si vite des citoyens pris par les pirates, et laisser aux pirates une si longue jouissance de la vie?

78. J'accorde que vous ayez pu le faire, tant qu'a duré votre préture. Mais, simple particulier, mais accusé et presque condamné, garder chez vous, dans une maison privée, des chefs ennemis! Et ces pirates y sont restés un mois, deux mois, une année presque entière; ils y seraient encore sans moi, je veux dire sans M. Acilius Glabrion qui, sur ma réquisition expresse, a ordonné qu'ils fussent représentés et conduits dans la prison publique.

XXX. 79. Quelle loi, quel usage, quel exemple, autorisent votre conduite? Garder dans sa maison l'ennemi le plus acharné, le plus implacable du peuple romain, disons mieux, l'ennemi commun de tous les pays, de toutes les nations, quel mortel, s'il n'est qu'un simple citoyen, peut jamais avoir ce singulier privilége?

80. Mais si, la veille du jour où je vous forçai d'avouer que des citoyens romains avaient péri sous la hache, qu'un chef des pirates vivait encore, et qu'il était chez vous, si, dis-je, la veille de ce jour, il s'était échappé, et qu'il eût armé quelque troupe contre le peuple romain, vous viendriez donc nous dire : Il logeait dans ma maison, il était chez moi; je lui conservais la vie, afin que sa présence confondît mes accusateurs. Eh quoi! pour vous affranchir d'un péril, vous compromettrez le salut de l'état! votre intérêt personnel, et non celui de la patrie, fixera l'heure du supplice pour nos ennemis vaincus! l'ennemi du peuple romain sera sous la garde d'un homme privé! Les triomphateurs prolongent la vie des chefs ennemis, afin de les conduire devant le char triomphal, et d'offrir au peuple romain le spectacle le plus beau, la plus douce jouissance de la victoire; mais au moment où le char se détourne pour monter au Capitole, ils les font conduire dans la prison, et le même jour voit finir le pouvoir du vainqueur et la vie des vaincus.

81. Ah! Verrès, on n'en peut plus douter, surtout quand on sait par votre propre déclaration que vous vous attendiez à être accusé : si vous n'aviez rien reçu, vous ne vous seriez pas hasardé à conser-

retur, quam, quod erat ante oculos positum, tuo periculo viveret. Si enim esset mortuus, tu, qui crimen ais te metuisse, quæro, cui probares? Quum constaret, istum Syracusis ab nullo visum esse archipiratam, ab omnibus desideratum; quum dubitaret nemo quin abs te pecunia liberatus esset; quum vulgo loquerentur, suppositum in ejus locum, quem pro illo probare velles; quum tute fassus esses te id crimen tanto ante metuisse: si eum diceres esse mortuum, quis te audiret? nunc, quum vivum istum nescio quem producis, tamenne id credi voles?

82. Quid? si aufugisset, si vincla rupisset ita, ut Nico ille, nobilissimus pirata fecit, quem P. Servilius, qua felicitate ceperat, eadem recuperavit, quid diceres? Verum hoc erat: si ille semel verus archipirata securi percussus esset, pecuniam illam non haberes; si hic falsus esset mortuus, aut profugisset, non esset difficile alium in suppositi locum supponere. Plura dixi quam volui de illo archipirata: et tamen ea, quæ certissima sunt hujus criminis argumenta, prætermisi. Volo enim mihi totum esse crimen hoc integrum. Est certus locus, certa lex, certum tribunal quo hoc reservetur [1].

XXXI. 83. Hac tanta præda auctus, mancipiis, argento, veste locupletatus, nihilo diligentior ad classem ornandam, milites revocandos alendosque esse cœpit; quum ea res non solum provinciæ saluti, verum etiam ipsi prædæ esse posset. Nam æstate summa, quo tempore ceteri prætores obire provinciam et concursare consueverunt, aut etiam in tanto prædonum metu et periculo, ipsi navigare; eo tempore ad luxuriam libidinesque suas domo sua regia, quæ regis Hieronis fuit, qua prætores uti solent, contentus non fuit : tabernacula, quemadmodum consueverat temporibus æstivis, quod antea jam demonstravi, carbaseis intenta velis collocari jussit in littore, quod est littus in Insula Syracusis post Arethusæ fontem, propter ipsum introitum atque ostium portus, amœno sane et ab arbitris remoto loco.

84. Hic dies æstivos sexaginta prætor populi romani, custos defensorque provinciæ, sic vixit, ut muliebria quotidie convivia essent; vir accumberet nemo præter ipsum et prætex–

ver ce pirate, au risque évident de vous perdre vous-même. Car enfin, s'il était mort, à qui le feriez-vous croire? Il était constant qu'à Syracuse, tous avaient cherché à le voir, et que nul ne l'avait vu; personne ne doutait qu'il ne se fût racheté à prix d'argent; on disait hautement que vous aviez supposé un homme, afin de le produire à sa place; vous êtes convenu vous-même que depuis longtemps vous redoutiez cette accusation : si donc vous veniez nous dire : il est mort, on ne vous écouterait pas; aujourd'hui que vous présentez un homme que personne ne connaît, prétendez-vous qu'on vous croie davantage?

82. Et s'il s'était enfui, s'il avait brisé ses fers, comme a fait Nicon, ce fameux pirate que P. Servilius reprit avec autant de bonheur qu'il l'avait pris une première fois, que pourriez-vous dire? Mais voici le mot de l'énigme : si le véritable chef avait péri sous la hache, vous n'auriez pas reçu le prix de sa rançon; si le pirate supposé était mort, ou qu'il se fût échappé, il n'était pas difficile d'en substituer un autre. J'en ai dit plus que je ne voulais sur ce chef de pirates; et pourtant je n'ai pas produit mes preuves les plus convaincantes. Je réserve cette accusation tout entière. Il est des lois spéciales contre cette espèce de crime; il est un tribunal établi pour en connaître.

XXXI. 83. Maître d'une proie aussi opulente, enrichi d'esclaves, d'argenterie et d'étoffes précieuses, il n'en fut pas plus empressé à équiper la flotte, à rassembler les soldats et à pourvoir à leur entretien, quoique ces soins, nécessaires pour la défense du pays, pussent aussi devenir un moyen de plus pour de nouvelles rapines. Au milieu de l'été, lorsque les autres préteurs ont coutume de parcourir et de visiter la province, et même de s'embarquer dans ces moments où les pirates inspirent tant de craintes; Verrès, n'ayant pas assez du palais prétorial, de l'ancien palais d'Hiéron, pour ses plaisirs et ses débauches, fit dresser des tentes du tissu le plus fin, ainsi qu'il le faisait toujours dans le temps des chaleurs, sur cette partie du rivage qui est derrière la fontaine d'Aréthuse, à l'entrée même du port, dans un lieu délicieux et retiré. Ce fut là que le préteur du peuple romain, le gardien, le défenseur de la province, vécut deux mois entiers.

84. Autant de jours, autant de festins où tous les convives étaient des femmes. Pas un seul homme parmi elles, excepté Verrès et son fils encore vêtu de la prétexte; mais c'est leur faire trop d'hon-

tatum filium : tametsi recte sine exceptione dixeram virum, quum isti essent, neminem fuisse. Nonnunquam etiam libertus Timarchides adhibebatur. Mulieres autem nuptæ nobiles, præter unam mimi Isidori filiam, quam iste, propter amorem, ab Rhodio tibicine abduxerat ; Pippa quædam, uxor Æschrionis Syracusani, de qua muliere plurimi versus, qui in istius cupiditatem facti sunt, tota Sicilia percelebrantur.

85. Erat et Nice, facie eximia, ut prædicatur, uxor Cleomenis Syracusani. Hanc Cleomenes vir amabat : verumtamen hujus libidini adversari nec poterat, nec audebat ; et simul ab isto donis beneficiisque plurimis devinciebatur. Illo autem tempore iste, tametsi ea est hominis impudentia, quam nostis, ipse tamen, quum vir esset Syracusis, uxorem ejus parum poterat animo soluto ac libero tot in acta dies secum habere. Itaque excogitat rem singularem : naves, quibus legatus præfuerat, Cleomeni tradit : classi populi romani Cleomenem Syracusanum præesse jubet atque imperare. Hoc eo facit, ut ille non solum abesset a domo tum quum navigaret, sed etiam libenter, cum magno honore beneficioque abesset ; ipse autem, remoto atque ablegato viro, non liberius quam ante, (quis enim unquam istius libidini obstitit?) sed paulo solutiore tamen animo secum illam haberet, si non tanquam virum, at tanquam æmulum removisset. Accipit navem sociorum atque amicorum Cleomenes Syracusanus.

XXXII. 86. Quid primum aut accusem, aut querar, judices? Siculone homini, legati, quæstoris, prætoris denique potestatem, honorem, auctoritatem dari? Si te impediebat ista conviviorum mulierumque occupatio, ubi quæstores? ubi legati? ubi ternis denariis æstimatum frumentum[1]? ubi muli ? ubi tabernacula? ubi tot tantaque ornamenta magistratibus et legatis a senatu populoque romano permissa et data? denique ubi præfecti et tribuni tui? Si civis romanus dignus isto negotio nemo fuit, quid civitates quæ in amicitia fideque populi romani perpetuo manserant ? Ubi Segestana ? ubi Centuripina civitas? quæ tum officiis, fide, vetustate, tum etiam cognatione populi romani nomen attingunt.

neur que de mettre une exception pour eux. Quelquefois aussi l'affranchi Timarchide était admis. Or toutes ces femmes étaient mariées ; elles appartenaient à des familles honnêtes, si ce n'est la fille du bouffon Isidore, que Verrès, qui s'était épris de cette femme, avait enlevée à un joueur de flûte de Rhodes. On remarquait dans ce nombre une certaine Pippa, épouse du Syracusain Eschrion, fameuse par une infinité de chansons qui ont divulgué dans toute la Sicile ses amours avec le préteur.

85. On y voyait aussi l'épouse du Syracusain Cléomène, Nicé, qu'on vante comme un prodige de beauté. Cléomène aimait sa femme ; mais il n'avait ni le pouvoir, ni le courage de la disputer au préteur. D'ailleurs il était enchaîné par la reconnaissance. Verrès, malgré toute l'effronterie que vous lui connaissez, ne pouvait, sans je ne sais quel scrupule, garder auprès de lui, pendant tant de jours, une femme dont le mari était à Syracuse. Voici l'expédient qu'il imagine : Il donne à Cléomène le commandement des vaisseaux qui jusqu'alors avaient été sous les ordres de son lieutenant. Il ordonne que la flotte du peuple romain soit commandée par le Syracusain Cléomène. Il voulait par ce moyen éloigner le mari en l'envoyant sur mer, lui rendre même son éloignement agréable, en lui confiant une fonction honorable et lucrative, et pendant ce temps, garder la femme et se procurer, non pas une jouissance plus libre, car jamais ses passions n'éprouvèrent d'obstacle, mais une propriété plus assurée, en écartant Cléomène, moins comme époux que comme rival. La flotte de nos alliés et de nos amis est donc aux ordres du Syracusain Cléomène.

XXXII. 86. Par où commencerai-je mes reproches ou mes plaintes ? Le pouvoir, le titre, l'autorité de lieutenant, de questeur, de préteur, remis aux mains d'un Sicilien ? Ah ! si vos festins et vos femmes occupaient tous vos moments, n'aviez-vous pas des questeurs et des lieutenants ? pourquoi receviez-vous de l'état ce blé si chèrement évalué par votre avarice, ces mulets, ces tentes et tous ces équipages que le sénat et le peuple romain accordent aux magistrats et à leurs lieutenants ? qu'étaient devenus enfin vos préfets et vos tribuns ? Si nul citoyen romain n'était digne d'un tel emploi, ne trouviez-vous personne dans les cités qui furent de tout temps les amies et les alliées de Rome, dans Ségeste, dans Centorbe, que leurs services, leur fidélité, l'ancienneté de leur alliance, et même une espèce d'affinité, ont associées à la gloire de notre empire ?

87. O dii immortales! quid? si harum ipsarum civitatum militibus, navibus, navarchis, Syracusanus Cleomenes jussus est imperare, non omnis honos ab isto dignitatis, æquitatis officiique sublatus est? Ecquod in Sicilia bellum gessimus, quin Centuripinis sociis, Syracusanis hostibus uteremur? Atque hæc omnia ad memoriam vetustatis, non ad contumeliam civitatis referri volo. Itaque ille vir clarissimus summusque imperator, M. Marcellus, cujus virtute captæ, misericordia conservatæ sunt Syracusæ, habitare in ea parte urbis, quæ Insula est, Syracusanum neminem voluit. Hodie, inquam, Syracusanum in ea parte habitare non licet : est enim locus quem vel pauci possunt defendere. Committere igitur eum non fidelissimis hominibus noluit : simul quod ab illa parte urbis navibus aditus ex alto est. Quamobrem qui nostros exercitus sæpe excluserant, iis claustra loci committenda non existimavit.

88. Vide quid intersit inter tuam libidinem majorumque auctoritatem; inter amorem furoremque tuum, et illorum consilium atque prudentiam. Illi aditum littoris Syracusanis ademerunt; tu maritimum imperium concessisti : illi habitare in eo loco Syracusanum, quo naves accedere possent, noluerunt; tu classi et navibus Syracusanum præesse voluisti : quibus illi urbis suæ partem ademerunt, iis tu nostri imperii partem dedisti; et, quorum sociorum opera Syracusani nobis dicto audientes sunt, eos Syracusanis dicto audientes esse jussisti.

XXXIII. 89. Egreditur Centuripina quadriremi Cleomenes e portu; sequitur Segestana navis, Tyndaritana, Herbitensis, Heracliensis, Apolloniensis, Haluntina : præclara classis in speciem, sed inops et infirma propter dimissionem propugnatorum atque remigum. Tamdiu in imperio suo classem iste prætor diligens vidit, quamdiu convivium ejus flagitiosissimum prætervecta est : ipse autem, qui visus multis diebus non esset, tum se tamen in conspectum nautis paulisper dedit. Stetit soleatus prætor populi romani cum pallio purpureo tunicaque

87. Grands dieux! les soldats de ces cités elles-mêmes, leurs vaisseaux et leurs capitaines ont été soumis aux ordres d'un Syracusain! N'est-ce pas avoir tout à la fois méconnu la dignité de la république, violé les droits de la justice, et trahi ceux de la reconnaissance? Mon dessein n'est pas d'humilier Syracuse; je ne veux que rappeler la mémoire des faits anciens. Mais qu'on me cite une seule de nos guerres en Sicile, où nous n'ayons eu les Centorbiens pour alliés, et les Syracusains pour ennemis. Aussi M. Marcellus, qui joignait aux talents du guerrier toutes les vertus du citoyen, Marcellus qui soumit Syracuse par sa valeur, comme il la conserva par sa clémence, ne permit pas qu'aucun Syracusain habitât dans la partie de la ville qu'on nomme l'Ile. Oui, citoyens, aujourd'hui encore il est défendu à tout Syracusain de résider dans cette partie de la ville. C'est un poste qu'une poignée de soldats peut défendre. Il ne voulut donc pas le confier à des hommes dont la fidélité n'était pas à toute épreuve : d'ailleurs, c'est par ce lieu que les vaisseaux arrivent de la mer. Il ne crut pas devoir laisser la garde de cette barrière importante à ceux qui l'avaient fermée si longtemps à nos armées.

88. Voyez, Verrès, quel contraste entre vos caprices et la prudence de nos ancêtres, entre les décrets dictés par votre passion et les oracles émanés de leur sagesse! Ils interdirent aux Syracusains l'accès même du rivage, et vous leur confiez le commandement de la mer! Ils ne voulurent pas qu'un Syracusain habitât dans le lieu où les vaisseaux peuvent aborder, et vous mettez nos vaisseaux à la merci d'un Syracusain! Vous donnez une portion de notre empire à ceux qu'ils privèrent d'une partie de leur ville, et les alliés qui nous aidèrent à soumettre Syracuse, vous les avez soumis au commandement des Syracusains!

XXXIII. 89. Cléomène quitte le port; il montait le vaisseau de Centorbe : c'était une galère à quatre rangs de rames. A la suite marchent les vaisseaux de Ségeste, de Tyndare, d'Herbite, d'Héraclée, d'Apollonie, d'Haluntium, belle flotte en apparence, mais faible en réalité, et, grâce aux congés, dégarnie de soldats et de rameurs. Le vigilant magistrat ne la perdit pas de vue, tout le temps qu'elle mit à côtoyer la salle de ses honteux festins : invisible depuis plusieurs jours, il daigne paraître un moment aux yeux des matelots. Le préteur du peuple romain, appuyé sur une courtisane, se fait voir sur le rivage, en sandales, en manteau de pourpre, en

talari, muliercula nixus in littore[1]. Jam hoc ipso istum vestitu Siculi civesque romani permulti sæpe viderunt.

90. Posteaquam paulum provecta classis est, et Pachynum quinto die denique appulsa est, nautæ, fame coacti, radices palmarum agrestium, quarum erat in his locis, sicut in magna parte Siciliæ, multitudo, colligebant, et his miseri perditique alebantur. Cleomenes autem, qui alterum se Verrem quum luxuria atque nequitia, tum etiam imperio, putaret, similiter totos dies, in littore tabernaculo posito, perpotabat.

XXXIV. 91. Ecce autem repente, ebrio Cleomene, esurientibus ceteris, nunciatur piratarum naves esse in portu Odysseæ: nam ita is locus nominatur; nostra autem classis erat in portu Pachyni. Cleomenes autem, quod erat terrestre præsidium non re, sed nomine, sperabat, iis militibus quos ex eo loco deduxisset, explere se numerum nautarum et remigum posse. Reperta est eadem istius hominis avarissimi ratio in præsidiis, quæ in classibus: nam erant perpauci reliqui, ceterique dimissi.

92. Princeps Cleomenes in quadriremi Centuripina malum erigi, vela fieri, præcidi anchoras imperavit; et simul, ut se ceteri sequerentur, signum dari jussit. Hæc Centuripina navis erat incredibili celeritate velis; nam scire, isto prætore, nemo poterat quid quæque navis remis facere posset: etsi in hac quadriremi, propter honorem et gratiam Cleomenis, minime multi remiges et milites deerant. Evolarat jam e conspectu fere fugiens quadriremis, quum etiam tunc ceteræ naves suo in loco moliebantur.

93. Erat animus in reliquis: quanquam erant pauci, quoquo modo sese res habebat, pugnare tamen se velle clamabant; et, quod reliquum vitæ viriumque fames fecerat, id ferro potissimum reddere volebant. Quod si Cleomenes non tanto ante fugisset, aliqua tamen ad resistendum ratio fuisset. Erat enim sola illa navis constrata, et ita magna, ut propugnaculo ceteris posset esse: quæ, si in prædonum pugna versaretur, urbis instar habere, inter illos piraticos myoparones videretur. Sed tunc inopes, relicti a duce præfectoque classis, eumdem necessario cursum tenere cœperunt.

tunique longue. Déjà une foule de Siciliens et même de nos citoyens l'avaient vu plusieurs fois vêtu de cette manière.

90. Le cinquième jour enfin, la flotte arrive à Pachynum. Les matelots, pressés par la faim, ramassaient des racines de palmiers sauvages qui sont en abondance dans ces lieux comme dans la plus grande partie de la Sicile. Ces malheureux dévoraient ces tristes aliments. Cléomène, qui croyait devoir représenter Verrès par son luxe et sa débauche, ainsi qu'il le représentait par son autorité, fit, comme lui, dresser une tente sur le rivage, et il passait les jours entiers à s'enivrer.

XXXIV. 91. Tout à coup, et tandis que Cléomène était ivre, et que les autres mouraient d'inanition, on annonce que les pirates sont au port d'Odyssée. Notre flotte était toujours à Pachynum. Comme il y avait dans ce lieu une garnison, sans soldats il est vrai, Cléomène crut d'abord pouvoir en tirer de quoi compléter ses équipages; mais l'avarice du préteur ne s'était pas moins exercée dans les garnisons que sur la flotte; il n'y restait qu'un très petit nombre d'hommes; les autres avaient acheté leur congé.

92. Sans attendre personne, Cléomène commande à ses Centorbiens de redresser le mât, de déployer les voiles, de couper les câbles, et donne à la flotte le signal et l'exemple de la fuite. Le vaisseau de Centorbe était un excellent voilier; car de savoir ce que chaque vaisseau pouvait faire à l'aide des rames, c'est ce qui n'était pas possible sous la préture de Verrès. Celui-ci pourtant, par une faveur spéciale, avait, à peu de chose près, ses soldats et ses rameurs. Il part, il fuit : déjà il avait disparu, lorsque les autres encore manœuvraient avec effort pour se mettre en marche.

93. Le courage ne manquait pas au reste de la flotte : malgré leur petit nombre, malgré leur situation déplorable, ils criaient qu'ils voulaient combattre, et perdre sous le fer ennemi le peu de sang et de force que la faim leur avait laissé. La résistance eût été possible, si Cléomène eût moins précipité sa fuite. Son vaisseau, le seul qui fût ponté, était assez grand pour servir de rempart aux autres : dans ce combat contre les pirates, il eût semblé une ville flottante, au milieu de leurs chétifs brigantins. Mais, sans moyens, délaissés par leur général, ils furent contraints de tenir la même route.

94. Elorum versus, ut ipse Cleomenes, ita ceteri navigabant; neque hi tamen tam prædonum fugiebant impetum, quam imperatorem sequebantur. Tum, ut quisque in fuga postremus, ita periculo princeps erat : postremam enim quamque navem piratæ primam adoriebantur. Ita prima Haluntinorum navis capitur, cui præerat Haluntinus, homo nobilis, Philarchus ; quem ab illis prædonibus Locrenses postea publice redemerunt : ex quo vos priore actione jurato rem omnem causamque cognostis. Deinde Apolloniensis navis capitur, et ejus præfectus Anthropinus occiditur.

XXXV. 95. Hæc dum aguntur, interea Cleomenes jam ad Elori littus pervenerat; jam sese in terram e navi ejecerat, quadriremem que in salo fluctuantem reliquerat. Reliqui præfecti navium, quum in terram imperator exisset, quum ipsi neque repugnare neque mari effugere ullo modo possent, appulsis ad Elorum navibus, Cleomenem persecuti sunt. Tunc prædonum dux Heracleo, repente, præter spem, non sua virtute, sed istius avaritia nequitiaque victor, classem pulcherrimam populi romani, in littus expulsam et ejectam, quum primum advesperasceret, inflammari incendique jussit.

96. O tempus miserum atque acerbum provinciæ Siciliæ! o casum illum multis innocentibus calamitosum atque funestum ! o istius nequitiam ac turpitudinem singularem ! Una atque eadem nox erat, qua prætor amoris turpissimi flamma, ac classis populi romani prædonum incendio conflagrabat. Affertur nocte intempesta gravis hujusce mali nuntius Syracusas : curritur ad prætorium, quo istum e convivio illo præclaro reduxerant paulo ante mulieres cum cantu atque symphonia. Cleomenes, quanquam nox erat, tamen in publico esse non audet ; includit se domi : neque aderat uxor, quæ consolari hominem in malis posset.

97. Hujus autem præclari imperatoris ita erat severa domi disciplina, ut in re tanta, in tam gravi nuntio, nemo admitteretur; nemo esset qui auderet, aut dormientem excitare, aut interpellare vigilantem. Jam vero, re ab omnibus cognita, concursabat urbe tota maxima multitudo : non enim, sicut antea consuetudo erat, prædonum adventum significabat ignis e specula sublatus

94. Ils se dirigèrent comme lui vers Élore, moins pour fuir les pirates que pour suivre leur commandant. Celui qui restait le plus en arrière se trouvait le plus près du péril ; les pirates attaquaient toujours le dernier. Ils prennent d'abord le vaisseau d'Haluntium, commandé par Philarque, un des citoyens les plus distingués de cette ville, et que les Locriens ont racheté depuis aux frais de leur trésor. C'est lui qui, dans la première action, vous a instruits de ces détails. Le vaisseau d'Apollonie fut pris le second : Anthropinus, qui en était capitaine, fut tué.

XXXV. 95. Cependant Cléomène était déjà parvenu au rivage d'Élore ; déjà il s'était élancé à terre, abandonnant son vaisseau à la merci des flots. Les autres capitaines qui le voient débarqué, ne pouvant en aucune manière ni se défendre ni se sauver par mer, se jettent aussi à la côte et le suivent. Héracléon, chef des pirates, étonné d'une victoire qu'il doit, non à son courage, mais à l'avarice et à la lâcheté de Verrès, devenu maître d'une si belle flotte poussée et jetée sur le rivage, ordonne, à la fin du jour, qu'on y mette le feu et qu'on la réduise en cendres.

96. O nuit désastreuse ! nuit horrible pour la province ! malheur déplorable et funeste à bien des têtes innocentes ! O honte éternelle pour l'infâme Verrès ! Dans la même nuit, au même instant, le préteur brûlait des feux d'un amour criminel, et les flammes des pirates consumaient la flotte du peuple romain ! Cette affreuse nouvelle arrive à Syracuse au milieu de la nuit. On court au palais, où le préteur venait d'être ramené par ses femmes, au bruit des voix et des instruments. Cléomène, malgré l'obscurité de la nuit, n'ose rester hors de sa maison ; il se renferme chez lui et sa femme n'y était pas pour le consoler dans sa disgrâce.

97. Admirez la sévère discipline que notre grand général avait établie dans son intérieur : même pour un événement de cette importance, pour une nouvelle aussi terrible, nul n'est admis à lui parler ; nul n'est assez hardi pour l'éveiller, s'il dort ; pour l'interrompre, s'il ne dort pas. Cependant l'alarme est répandue partout. Une multitude immense s'agite dans tous les quartiers de la ville ; car ce n'était pas, comme en d'autres occasions, les feux allumés

aut tumulo ; sed flamma ex ipso incendio navium, et calamitatem acceptam, et periculum reliquum nuntiabat.

XXXVI. 98. Quum prætor quæreretur, et constaret ei neminem nuntiasse, fit ad domum ejus cum clamore concursus atque impetus. Tum iste excitatus audit rem omnem ex Timarchide : sagum sumit. Lucebat jam fere : procedit in medium, vini, somni, stupri plenus. Excipitur ab omnibus ejusmodi clamore, ut ei Lampsaceni periculi [1] similitudo versaretur ante oculos : hoc etiam majus hoc videbatur, quod in odio simili multitudo hominum hæc erat maxima. Tum istius acta commemorabatur ; tum flagitiosa illa convivia, tum appellabantur a multitudine mulieres nominatim ; tum quærebatur ex ipso palam, tot dies continuos, per quos nunquam visus esset, ubi fuisset, quid egisset ; tum imperator ab isto præpositus Cleomenes flagitabatur ; neque quidquam propius est factum, quam ut illud Uticense exemplum de Adriano [2] transferretur Syracusas, ut duo sepulchra duorum prætorum improborum, duabusque in provinciis constituerentur. Verum habita est a multitudine ratio temporis, habita est tumultus, habita etiam dignitatis existimationisque communis, quod is est conventus Syracusis civium romanorum, ut non modo illa provincia, verum etiam hac republica dignissimus existimetur.

99. Confirmant ipsi se, quum is etiam tum semisomnis stuperet ; arma capiunt ; totum forum atque Insulam, quæ est urbis magna pars, complent. Unam illam solam noctem prædones ad Elorum commorati, quum fumantes etiam nostras naves reliquissent, accedere incipiunt ad Syracusas. Qui videlicet sæpe audissent, nihil esse pulchrius quam Syracusarum mœnia ac portus, statuerant sese, si ea, Verre prætore, non vidissent, nunquam esse visuros.

XXXVII. 100. Ac primo ad illa æstiva prætoris accedunt, ipsam illam ad partem littoris, ubi iste per eos dies, tabernaculis positis, castra luxuriæ collocarat : quem posteaquam inanem locum offenderunt, et prætorem commovisse ex eo loco castra senserunt, statim sine ullo metu in portum ipsum penetrare cœperunt. Quum in portum dico, judices (explanandum est enim diligentius, eorum causa qui locum ignorant), in

sur des hauteurs qui annonçaient l'arrivée des pirates; la flamme des vaisseaux embrasés publiait elle-même la perte que nous avions faite et les dangers qui restaient à craindre.

XXXVI. 98. On cherchait le préteur, et lorsqu'on apprend qu'il ignore tout, la multitude furieuse court au palais et l'investit. Enfin on l'éveille. Timarchide l'informe de ce qui se passe; il prend un habit de guerre. Déjà le jour commençait à paraître; il sort appesanti par le vin, le sommeil et la débauche. On le reçoit avec des cris de rage, et la scène de Lampsaque se retrace à son âme épouvantée. Le danger lui cause d'autant plus d'effroi qu'ici la fureur est la même, et le nombre des mécontents beaucoup plus considérable. Il s'entend reprocher son séjour sur le rivage et ses orgies scandaleuses; on cite par leurs noms les femmes qui vivent avec lui; on lui demande à lui-même ce qu'il a fait, ce qu'il est devenu pendant tant de jours où personne ne l'a vu; on veut qu'il produise ce Cléomène qu'il a nommé commandant de la flotte; enfin peu s'en faut que Syracuse ne renouvelle cet acte de vengeance exercé par Utique sur le préteur Adrianus; et deux tombeaux auraient attesté dans deux provinces la perversité de deux préteurs romains. Verrès dut son salut aux circonstances, à l'effroi que causaient les pirates, aux égards et au respect de la multitude pour ce grand nombre de citoyens romains qui, dans cette province, soutiennent dignement l'honneur de notre république.

99. Comme le préteur, encore à peine réveillé, n'était capable de rien, les habitants s'encouragent les uns les autres; ils s'arment et remplissent le forum et l'Ile qui forme la plus grande partie de la ville. Les pirates, sans s'arrêter plus d'une nuit à Élore, laissent les débris de la flotte encore fumants, et s'approchent de Syracuse. Sans doute ils avaient ouï dire que rien n'égale la beauté de ses murs et de son port, et ils sentaient bien qu'ils ne les verraient jamais, s'ils ne les voyaient pas sous la préture de Verrès.

XXXVII. 100. Et d'abord ils s'approchent du rivage, où, ces jours mêmes, le préteur avait dressé ses tentes et fixé son camp de plaisance : ils trouvent le poste évacué; le préteur avait disparu; nul obstacle, nulle résistance. Ils entrent hardiment dans le port. Quand je dis dans le port, je m'explique en faveur de ceux qui ne connaissent pas les lieux; je veux dire que les pirates entrèrent dans la ville, dans l'intérieur même de la ville. Remarquez, en effet, que

urbem dico, atque in urbis intimam partem venisse piratas : non enim portu illud oppidum clauditur, sed urbe portus ipse cingitur et concluditur ; non ut alluantur a mari mœnia extrema, sed ipse influat in urbis sinum portus.

101. Hic, te prætore, Heracleo archipirata cum quatuor myoparonibus parvis ad arbitrium suum navigavit. Pro, dii immortales! piraticus myoparo, quum imperium populi romani, nomen ac fasces essent Syracusis, usque ad forum et ad omnes urbis crepidines accessit : quo neque Carthaginiensium gloriosissimæ classes, quum mari plurimum poterant, multis bellis sæpe conatæ, unquam aspirare potuerunt ; neque populi romani invicta ante te prætorem gloria illa navalis unquam tot punicis siciliensibusque bellis penetrare potuit : qui locus ejusmodi est, ut ante Syracusani in mœnibus suis, in urbe, in foro hostem armatum ac victorem, quam in portu ullam hostium navem viderent.

102. Hic, te prætore, prædonum naviculæ pervagatæ sunt, quo Atheniensium classis sola, post hominum memoriam, ccc navibus, vi ac multitudine invasit : quæ in eo ipso portu, loci ipsius portusque natura, victa atque superata est. Hic primum opes illius civitatis victæ, comminutæ, depressæque sunt : in hoc portu, Atheniensium nobilitatis, imperii, gloriæ naufragium factum existimatur [1].

XXXVIII. 103. Eone pirata penetravit, quo simul atque adisset, non modo a latere, sed etiam a tergo magnam partem urbis relinqueret ? Insulam totam prætervectus est ; quæ est urbs Syracusis suo nomine ac mœnibus : quo in loco majores (ut ante dixi), Syracusanum quemquam habitare vetuerunt, quod, qui illam partem urbis tenerent, in eorum potestatem portum futurum intelligebant.

104. At quemadmodum est pervagatus? radices palmarum agrestium, quas in nostris navibus invenerant, jaciebant, ut omnes istius improbitatem, et calamitatem Siciliæ possent cognoscere. Siculosne milites, aratorumne liberos, quorum patres tantum labore suo frumenti exarabant, ut populo romano totique Italiæ suppeditare possent; eosne, in insula Cereris natos, ubi primum fruges inventæ esse dicuntur, eo cibo esse usos, a

Syracuse n'est pas fermée par le port ; c'est le port lui-même qui est renfermé dans la cité, et la mer, au lieu de baigner les dehors et l'extrémité des murs, s'enfonce jusque dans le centre de la place.

101. C'est là que sous votre préture, Héracléon, un chef des pirates, avec quatre brigantins, a navigué sans obstacle. Dieux immortels ! l'autorité, le nom, les faisceaux du peuple romain sont au milieu de Syracuse ! un pirate s'avance jusqu'au forum, et se promène devant tous les quais de Syracuse. Et les flottes triomphantes de Carthage, lorsque Carthage régnait sur les mers, firent toujours d'inutiles efforts pour y pénétrer; et nos forces navales, invincibles avant votre préture, ne purent jamais, pendant tant de guerres contre les Carthaginois et les Siciliens, briser cette barrière insurmontable. Telle est sa force, que les Syracusains verraient l'ennemi vainqueur dans leurs murs, dans leur ville, au milieu de leur forum, avant que de voir un seul de ses vaisseaux dans leur port.

102. Sous votre préture, des barques de pirates se sont promenées avec sécurité dans ce lieu où périrent autrefois trois cents vaisseaux d'Athènes, seule flotte qui, dans toute la durée des siècles, en ait pu forcer l'entrée ; et, dans ce port même, la nature et la situation des lieux triomphèrent de cette flotte formidable. Oui, le port de Syracuse fut le premier écueil de la grandeur d'Athènes ; le sceptre de sa gloire y fut brisé, et le naufrage de ses vaisseaux fut en même temps le naufrage de sa puissance.

XXXVIII. 103. Un pirate a donc pénétré dans un lieu où il ne pouvait arriver sans laisser à côté de lui et derrière lui la plus grande partie de la ville ! Il a fait le tour de l'Ile, de l'Ile qui forme en quelque sorte une cité séparée dans l'enceinte même de Syracuse, de l'Ile où nos ancêtres ont défendu qu'aucun Syracusain établît sa demeure, parce qu'ils savaient que quiconque occuperait cette partie de la ville serait aussi le maître du port.

104. Mais jusqu'où les pirates ont-ils porté le mépris et la dérision ! Ils jetaient sur le rivage les racines des palmiers sauvages qu'ils avaient trouvées dans nos vaisseaux, afin que tous connussent et la perversité du préteur et les calamités de la Sicile. Des soldats siciliens, des fils de laboureurs, des jeunes gens dont les pères tiraient, de la terre fecondée par leurs sueurs, assez de blé pour nourrir le peuple romain et l'Italie entière; des hommes nés dans l'île de Cérès, où fut inventé l'usage du blé, étaient réduits à ces aliments sauvages dont leurs ancêtres ont fait perdre l'habitude

quo majores eorum ceteros quoque, frugibus inventis, removerunt? Te prætore, Siculi milites palmarum stirpibus, prædones Siculo frumento, alebantur.

105. O spectaculum miserum atque acerbum! ludibrio esse Urbis gloriam, et populi romani nomen, hominum conventu atque multitudine; piratico myoparone, in portu Syracusano, de classe populi romani triumphum agere piratam, quum prætoris nequissimi inertissimique oculos prædonum remi respergerent!

CONTENTIONIS TERTIA PARS.

Verris crudelitas in navarchos.

106. Posteaquam e portu piratæ, non metu aliquo affecti, sed satietate, exierant, tum cœperunt quærere homines causam illius tantæ calamitatis : dicere omnes et palam disputare, minime esse mirandum, si, militibus remigibusque dimissis, reliquis egestate et fame perditis, prætore tot dies cum mulierculis perpotante, tanta ignominia et calamitas esset accepta. Hæc autem istius vituperatio, atque infamia confirmabatur eorum sermone, qui a suis civitatibus illis navibus præpositi fuerant : qui ex illo numero reliqui Syracusas, classe amissa, refugerant. Dicebant quos ex sua quisque navi missos sciret esse. Res erat clara : neque solum argumentis, sed etiam certis testibus, istius avaritia tenebatur.

XXXIX. 107. Homo certior fit, agi nihil in foro et conventu tota die, nisi hoc quæri a navarchis, quemadmodum classis esset amissa; illos respondere, et docere unumquemque, missione remigum, fame reliquorum, Cleomenis timore et fuga. Quod posteaquam iste cognovit, hanc rationem habere cœpit : causam sibi dicendam esse statuerat jam ante, quam hoc usu veniret, ita ut ipsum priore actione dicere audistis; videbat, illis navarchis testibus, tantum hoc crimen sustinere se nullo modo posse : consilium capit primo stultum, verumtamen clemens.

108. Cleomenem et navarchos ad se vocari jubet : veniunt : accusat eos, quod hujusmodi de se sermones habuerint; rogat ut id facere desistant, et in sua quisque navi dicat se tantum

au reste des humains! Sous votre préture, les soldats siciliens vivaient de racines de palmiers; et les pirates se nourrissaient du plus pur froment de la Sicile!

105. Spectacle honteux et déplorable! la gloire de Rome, le nom romain, sont avilis en présence d'un peuple nombreux! Une barque de pirates triomphe de la flotte du peuple romain, dans le port de Syracuse, et ses rameurs font jaillir l'onde écumante jusque sur les yeux du plus pervers et du plus lâche des préteurs!

TROISIÈME PARTIE DE LA DISCUSSION.

CRUAUTÉ DE VERRÈS ENVERS LES COMMANDANTS DES VAISSEAUX

106. Après que les pirates furent sortis du port (et ce ne fut pas la crainte qui les en chassa, ils avaient satisfait leur curiosité), les Syracusains commencèrent à raisonner sur la cause d'un si grand désastre. Faut-il s'étonner? disait-on hautement: quand la plupart des soldats et des rameurs avaient été congédiés, quand ceux qui restaient périssaient de misère et de besoin, quand le préteur passait des jours entiers à s'enivrer avec des femmes, pouvait-on attendre autre chose que la honte et le malheur? Ces reproches flétrissants étaient encore appuyés par les capitaines qui s'étaient réfugiés à Syracuse, après la perte de la flotte: chacun nommait les hommes de son équipage, qu'il savait avoir obtenu leur congé. La preuve était sans réplique; et l'avarice du préteur, déjà démontrée par les raisonnements, l'était encore plus par des témoignages irrécusables.

XXXIX. 107. On l'avertit que, dans les réunions et au forum, on passe les jours entiers à questionner les capitaines sur la manière dont la flotte a été perdue; que ceux-ci répondent à qui veut les entendre qu'il faut tout attribuer aux congés des rameurs, au manque de vivres, à la lâcheté et à la fuite de Cléomène. Sur cet avis, il prend ses mesures. Il vous a dit lui-même, dans la première instruction, que dès lors il s'attendait à être accusé. Il voyait que, s'il avait contre lui le témoignage des capitaines, il ne pourrait jamais résister à cette accusation: il prend une résolution folle et ridicule, mais qui du moins n'avait rien de cruel.

108. Il mande Cléomène et les capitaines. Ils viennent: il se plaint à eux des discours qu'ils se sont permis sur lui; il les prie de cesser de pareils propos, et de dire que leur équipage était complet,

habuisse nautarum, quantum oportuerit, neque quemquam esse dimissum. Illi enimvero se ostendunt, quod vellet, esse facturos. Iste non procrastinat; advocat amicos statim; quærit ex his singillatim quot quisque nautas habuerit. Respondit unusquisque, ut erat præceptum. Iste in tabulas refert, obsignat signis amicorum providens homo, ut contra hoc crimen, si quando opus esset, hac videlicet testificatione uteretur.

109. Derisum credo esse hominem amentem a suis consiliariis, et admonitum hasce ei tabulas nihil profuturas; etiam plus ex nimia prætoris diligentia suspicionis in eo crimine futurum. Jam iste erat hac stultitia multis in rebus usus, ut publice quoque, quæ vellet, in civitatum litteris et tolli et referri juberet : quæ omnia nunc intelligit sibi nihil prodesse, posteaquam certis litteris, testibus, auctoritatibusque convincitur.

XL. 110. Ubi hoc videt, tabulas sibi nullo adjumento futuras, init consilium, non improbi prætoris (nam id quidem esset ferendum), sed importuni atque amentis tyranni : statuit, si hoc crimen extenuare vellet (nam omnino tolli posse non arbitrabatur), navarchos omnes, testes sui sceleris, vita esse privandos. Occurrebat illa ratio : Quid Cleomene fiet? Poterone animadvertere in eos, quos dicto audientes esse jussi; missum facere eum, cui imperium potestatemque permisi? poterone eos afficere supplicio, qui Cleomenem secuti sunt; ignoscere Cleomeni, qui secum fugere et se consequi jussit? poterone in eos esse vehemens, qui naves inanes non modo habuerunt, sed etiam apertas; in eum dissolutus, qui solus habuerit constratam navem et minus exinanitam? Pereat Cleomenes una. Ubi fides? ubi exsecrationes? ubi dextræ complexusque? ubi illud contubernium muliebris militiæ in illo delicatissimo littore? Fieri nullo modo poterat, quin Cleomeni parceretur.

111. Cleomenem vocat : dicit ei se statuisse animadvertere in omnes navarchos; ita sui periculi rationes ferre ac postulare. Tibi uni parcam, et totius istius culpæ crimen, vituperationemque inconstantiæ potius suscipiam, quam aut in te sim crudelis, aut tot tam graves testes vivos incolumesque esse patiar. Agit gratias Cleomenes; approbat consilium, dicit, ita

et qu'il n'a pas été accordé un seul congé. Ils se montrent disposés à faire tout ce qu'il voudra. Sans remettre au lendemain, Verrès fait entrer ses amis, demande à chaque capitaine combien il avait de matelots. Tous font la réponse qui leur a été dictée. Verrès enregistre leurs déclarations. En homme prévoyant, il y appose le sceau de ses amis, afin de produire au besoin ces certificats honorables.

109. Il est à croire que ses conseillers lui firent sentir le ridicule de cette opération, et l'avertirent que ces registres ne pourraient lui être utiles; que même cet excès de précaution ne ferait qu'aggraver les soupçons. Déjà il avait eu plusieurs fois recours à ce misérable expédient; on l'avait vu faire effacer ou écrire ce qu'il voulait, même sur les registres publics. Il sent combien cette ressource est vaine, aujourd'hui qu'il est convaincu par des titres certains, par des témoins irréprochables, par des pièces authentiques.

XL. 110. Dès qu'il voit que ces attestations ne lui seront d'aucun secours, il prend une autre résolution digne, non d'un magistrat inique, on pourrait encore le supporter, mais du plus fou, du plus atroce de tous les tyrans. Afin d'atténuer les preuves de ses prévarications (car il ne se flattait pas de les détruire entièrement), il se décide à faire périr les capitaines qui en ont été les témoins. Mais que faire de Cléomène? Cette réflexion l'embarrassait. Pourrai-je sévir contre des hommes à qui j'avais enjoint d'obéir, et absoudre celui à qui j'ai remis le commandement et l'autorité? pourrai-je envoyer au supplice ceux qui ont suivi Cléomène, et faire grâce à Cléomène qui leur a donné l'ordre et l'exemple de la fuite; déployer toute la rigueur des lois contre des gens qui n'avaient que des vaisseaux dégarnis et sans défense, et réserver toute mon indulgence pour le seul qui eût un vaisseau ponté et à peu près pourvu de matelots? Que Cléomène périsse avec les autres.... Mais la foi jurée à Nicé! mais tant de serments! mais tant de gages d'une tendresse réciproque! mais tant de campagnes faites avec elle sur ce rivage délicieux!.... Il était impossible de ne pas sauver Cléomène.

111. Il le fait venir, il lui dit qu'il a résolu de sévir contre tous les capitaines : que son intérêt le veut, que sa sûreté l'exige. Je ferai grâce à toi seul, et dût-on m'accuser d'inconséquence, je me charge de tout plutôt que d'être cruel envers toi, ou de laisser vivre tant de témoins qui me perdraient. Cléomène remercie le préteur; il l'approuve, et dit qu'il n'a pas d'autre parti à prendre : cependant il

fieri oportere : admonet tamen illud, quod istum fugerat, in Phalargum Centuripinum navarchum non posse animadverti, propterea quod secum fuisset una in Centuripina quadriremi. Quid ergo? iste homo ex ejusmodi civitate, adolescens nobilissimus, testis relinquetur? In præsentia, inquit Cleomenes, quoniam ita necesse est; sed post aliquid videbimus, ne iste nobis obstare possit.

XLI. 112. Hæc posteaquam acta et constituta sunt, procedit iste repente e prætorio, inflammatus scelere, furore, crudelitate : in forum venit, navarchos vocari jubet. Qui nihil metuerent, nihil suspicarentur, statim accurrunt. Iste hominibus miseris innocentibusque injici catenas imperat. Implorare illi fidem prætoris, et, quare id faceret, rogare. Tunc iste hoc causæ dicit, quod classem prædonibus prodidissent. Fit clamor et admiratio populi, tantam esse in homine impudentiam atque audaciam, ut aliis causam calamitatis attribueret, quæ omnis propter avaritiam ipsius accidisset; aut, quum ipse prædonum socius putaretur, aliis proditionis crimen inferret; deinde, hoc quinto decimo die crimen esse natum, postquam classis esset amissa.

113. Quum hæc fierent, quærebatur ubi esset Cleomenes : non quo illum ipsum, cujusmodi esset, quisquam supplicio, propter illud incommodum, dignum putaret. Nam quid Cleomenes facere potuit (non enim possum quemquam insimulare falso)? quid, inquam, magnopere Cleomenes facere potuit, istius avaritia navibus exinanitis? Atque eum vident sedere ad latus prætoris, et ad aurem familiariter, ut solitus erat, insusurrare. Tum vero omnibus indignissimum visum est, homines honestissimos, electos ex suis civitatibus, in ferrum atque in vincula conjectos; Cleomenem, propter flagitiorum ac turpitudinis societatem, familiarissimum esse prætoris. Apponitur his tamen accusator Nævius Turpio quidam, qui, C. Sacerdote prætore, injuriarum damnatus est, homo bene appositus ad istius audaciam; quem iste in decumis, in rebus capitalibus, in omni calumnia, præcursorem habere solebat et emissarium.

XLII. 114. Veniunt Syracusas parentes propinquique mise-

l'avertit d'une chose qui lui était échappée ; c'est que Phalargue de Centorbe était sur le même vaisseau que lui, et ne peut par conséquent être compris dans la proscription générale. Quoi donc ! ce jeune homme d'une ville si considérable, d'une famille si distinguée, je le laisserai vivre, pour qu'il dépose contre moi ? Oui, pour le moment, il le faut, reprend Cléomène ; mais bientôt on saura lui ôter les moyens de nuire.

XLI. 112. Ce plan ainsi arrêté, il sort du palais, le crime, la fureur, la cruauté empreinte sur tous les traits de son visage ; il arrive au forum, et fait appeler les capitaines. Ils viennent sans crainte et sans défiance. Soudain il ordonne qu'ils soient chargés de fers. Ces malheureux implorent la justice du peuple romain ; ils demandent la raison de ce traitement barbare. La raison ? dit Verrès ; vous avez livré la flotte aux pirates. On se récrie ; on s'étonne qu'il soit assez impudent, assez audacieux pour imputer à autrui un malheur dont sa propre avarice a été la cause ; que, soupçonné lui-même d'intelligence avec les pirates, il accuse les autres de trahison ; qu'enfin l'accusation n'éclate que le quinzième jour après la perte de la flotte.

113. Tous les yeux cherchaient Cléomène, non que l'on crût devoir rendre cet homme, quel qu'il fût, responsable de ce désastre. En effet, qu'avait pu faire Cléomène ? car je ne veux accuser personne sans de justes raisons : je le répète, qu'avait-il pu faire avec des vaisseaux désarmés par l'avarice de Verrès ? Voici qu'au même instant on l'aperçoit assis à côté du préteur, lui parlant à l'oreille aussi familièrement qu'il avait coutume de le faire. Alors l'indignation fut générale. On était révolté de voir dans les fers des hommes honnêtes, l'élite de leurs concitoyens, tandis que Cléomène, parce qu'il s'était associé aux infamies de Verrès, jouissait de toute la familiarité du préteur. Cependant on aposte pour les accuser un certain Névius Turpion, qui, sous la préture de Sacerdos, avait été flétri par un jugement : homme en effet digne de servir l'audace de Verrès ; c'était son émissaire, son agent fidèle dans l'exaction des décimes, dans les accusations capitales, dans toutes les affaires qu'il suscitait à ceux qu'il voulait perdre.

XLII. 114. A cette affreuse nouvelle, les parents et les proches de

rorum adolescentium, hoc repentino calamitatis suæ commoti nuntio; vinctos adspiciunt catenis liberos suos, quum istius avaritiæ pœnam collo et cervicibus suis sustinerent. Adsunt, defendunt, proclamant; fidem tuam, quæ nusquam erat, nec unquam fuit, implorant. Pater aderat Dexio Tyndaritanus, homo nobilissimus, hospes tuus, cujus tu domi fueras, quem hospitem appellaras. Eum quum illa auctoritate et miseria videres præditum, non te ejus lacrimæ, non senectus, non hospitii jus atque nomen a scelere aliquam ad partem humanitatis revocare potuit.

115. Sed quid ego hospitii jura in hac tam immani bellua commemoro? qui Sthenium Thermitanum hospitem suum, cujus domum per hospitium exhausit et exinanivit, absentem in reos retulerit, causa indicta, capite damnarit; ab eo nunc hospitiorum jura atque officia quæramus? cum homine enim crudeli nobis res est, an cum fera atque immani bellua? Te patris lacrimæ de innocentis filii periculo non movebant? quum patrem domi reliquisses, filium tecum haberes, te neque præsens filius de liberorum caritate, neque absens pater de indulgentia patria commonebat?

116. Catenas habebat hospes tuus Aristeus, Dexionis filius. Quid ita? prodiderat classem. Quod ob præmium? deseruerat exercitum. Quid Cleomenes? ignavus fuerat. At eum tu ob virtutem corona aurea donaras. Dimiserat nautas. Tu ab omnibus mercedem missionis acceperas. Alter parens ex altera parte erat Herbitensis Eubulida, homo domi suæ clarus et nobilis; qui, quia Cleomenem in defendendo filio læserat, nudus pæne est destitutus. Quid erat autem quod quisquam diceret aut defenderet? Cleomenem nominare non licet. At causa cogit: moriere, si appellaris; nunquam enim iste est cuiquam mediocriter minatus. At remiges non erant. Prætorem tu accusas? frange cervicem. Si neque prætorem, neque prætoris æmulum appellare licebit, quum in his duobus tota causa sit, quid futurum est?

XLIII. 117. Dicit etiam causam Heraclius Segestanus, homo domi suæ summo loco natus. Audite, ut vestra humanitas pos-

ces malheureux jeunes gens accourent à Syracuse. Ils voient leurs fils courbés sous le poids des fers, et portant les peines dues à l'avarice de Verrès. Ils se présentent, ils les défendent, ils les réclament, ils implorent votre justice, c'est-à-dire une vertu que vous n'avez jamais connue. Parmi ces pères infortunés était Dexion, l'un des premiers citoyens de Tyndare, chez qui vous aviez logé, que vous aviez nommé votre hôte. Vous le vîtes à vos pieds sans respecter ses titres, sans plaindre sa misère! Ses larmes, sa vieillesse, le nom, les droits de l'hospitalité ne purent un moment ramener votre âme atroce au sentiment de la pitié!....

115. Hélas! je parle d'un monstre, et je réclame les droits de l'hospitalité! Est-ce à celui qui, après avoir pillé et dévasté la maison de Sthénius, dans le temps qu'il logeait chez lui, intenta une accusation capitale contre ce même Sthénius absent, et le condamna à mort sans l'avoir entendu : est-ce à lui que je rappellerai les saints nœuds de l'hospitalité et les devoirs qu'elle impose? Car enfin ce n'est pas un homme cruel, c'est un monstre féroce que je combats ici. Les larmes d'un père tremblant pour les jours de son fils innocent n'ont point amolli votre âme! Barbare! vous aviez votre père à Rome, votre fils était auprès de vous; et la présence de ce fils n'a pas réveillé dans votre cœur les douces émotions de la nature? e le souvenir de votre père absent n'a pas rendu plus touchants pour vous les accents de la tendresse paternelle?

116. Aristée, votre hôte, le fils de Dexion, était chargé de chaînes. Pourquoi? quel était son crime? — Il avait livré la flotte, il avait abandonné l'armée.—Et Cléomène?—Il avait été lâche.—Pourtant vous aviez honoré sa valeur d'une couronne d'or.—Il avait licencié les matelots.—Mais vous aviez reçu de tous le prix de leurs congés. D'un autre côté se présentait un autre père, Eubulide d'Herbite, distingué dans sa patrie par ses vertus et par sa naissance. Eubulide eut le malheur, en défendant son fils, de compromettre Cléomène : peu s'en fallut qu'on ne le dépouillât pour le battre de verges. Que dire? comment se justifier?—Je ne veux pas que Cléomène soit nommé. —Mais ma cause l'exige. — Si tu le nommes, tu meurs; car Verrès ne menaça jamais à demi. — Je n'avais pas de matelots. — Tu accuses le préteur? qu'on le traîne à la mort. Si l'on ne peut nommer ni le préteur ni le rival du préteur, quoique la cause roule tout entière sur ces deux hommes, à quoi faut-il s'attendre?

XLIII. 117. Héraclius, un des premiers citoyens de Ségeste, se trouve aussi au nombre des accusés. Écoutez, juges, écoutez, au

tulat, judices : audietis enim de magnis incommodis injuriisque sociorum. Hunc scitote fuisse Heraclium in ea causa, qui propter gravem morbum oculorum tum non navigarit, et, jussu ejus qui potestatem habuit, cum commeatu Syracusis remanserit. Iste certe neque prodidit classem, neque metu perterritus fugit, neque exercitum deseruit : etenim tunc esset hoc animadversum, quum classis Syracusis proficiscebatur. Is tamen in eadem causa fuit, quasi esset in aliquo manifesto scelere deprehensus, in quem ne falso quidem causa conferri criminis potuit.

118. Fuit in illis navarchis Heracliensis quidam Furius (nam habent illi nonnulla hujuscemodi latina nomina), homo, quamdiu vixit, domi suæ, post mortem, tota Sicilia clarus et nobilis : in quo homine tantum animi fuit, non solum ut istum libere læderet (nam id quidem, quoniam moriendum videbat, sine periculo se facere intelligebat) ; verum, morte proposita, quum lacrimans in carcere mater noctes diesque assideret, defensionem causæ suæ scripsit ; quam nunc nemo est in Sicilia, quin habeat, quin legat, quin tui sceleris et crudelitatis ex illa oratione commonefiat. In qua docet, quot a civitate sua nautas acceperit, quot et quanti quemque dimiserit, quot secum habuerit ; item de ceteris navibus dicit. Quæ quum apud te diceret, virgis oculi verberabantur. Ille, morte proposita, facile dolorem corporis patiebatur ; clamabat, id quod scriptum reliquit : *facinus esse indignum, plus impudicissimæ mulieris apud te de Cleomenis salute, quam de sua vita lacrimas matris valere.*

119. Deinde etiam illud video esse dictum, quod, si recte vos populus romanus cognovit, non falso ille jam in ipsa morte de vobis prædicavit : *Non posse Verrem, testes interficiendo, crimina sua exstinguere ; graviorem apud sapientes judices se fore ab inferis testem, quam si vivus in judicium produceretur : tum avaritiæ solum, si viveret ; nunc, quum ita esset necatus, sceleris, audaciæ, crudelitatis testem fore.* Jam illa præclara : *Non testium modo catervas, quum tua res ageretur, sed a diis Manibus innocentium Pœnas, sceleratorumque Furias in tuum judicium esse venturas ; sese ideo leviorem casum suum fingere, quod jam an[illegible] aciem securium tuarum. Sestiique, tui carni-*

nom de l'humanité! vous allez entendre les indignités et les horreurs dont vos alliés ont été victimes. Sachez que cet Héraclius, attaqué d'une forte ophthalmie, n'avait pu s'embarquer avec les autres; il était resté à Syracuse par congé, par ordre du commandant; s'il en eût été autrement, son absence coupable aurait été remarquée au moment du départ. Celui-là, certes, n'a pas trahi la flotte; il n'a pas fui lâchement, il n'a pas déserté. Eh bien! cet homme contre qui on aurait manqué de prétexte, est confondu avec les autres, comme s'il était convaincu d'un délit manifeste.

118. Parmi ces capitaines était Furius d'Héraclée (beaucoup de Siciliens portent des noms latins). Cet homme, fort connu dans sa ville tant qu'il a vécu, est devenu, depuis sa mort, célèbre dans toute la Sicile. Non-seulement il eut le courage de braver le préteur; sûr de mourir, il sentait qu'il n'avait rien à ménager : mais lorsque déjà la hache se levait sur sa tête, sa main, trempée des larmes d'une mère qui passait les jours et les nuits avec lui dans sa prison, traça cette apologie que toute la Sicile connaît, que tout le monde lit, où chacun apprend à détester votre scélératesse et votre barbarie. On y voit le nombre des matelots que sa ville a fournis, le nombre et le prix des congés qui ont été vendus, le nombre des rameurs qui lui sont restés; il entre dans les mêmes détails sur les autres vaisseaux; et tandis qu'il vous disait ces vérités à vous-même, on lui frappait les yeux à coups de verges. Résigné à la mort, il se laissait déchirer sans se plaindre. D'une voix ferme, il répétait ce qu'il a écrit dans son mémoire, qu'il était affreux que les larmes d'une mère eussent moins de pouvoir pour sauver un fils, que les sollicitations d'une épouse impudique n'en avaient eu pour sauver l'infâme Cléomène.

119. Je lis dans cet écrit des paroles remarquables; et si le peuple romain vous a bien connus, juges, vous accomplirez ce qu'il a prédit de vous à l'instant de sa mort. « Le sang des témoins, dit-il, ne peut jamais effacer les crimes de Verrès. Du séjour des ombres ma voix viendra se faire entendre à des juges intègres, avec bien plus de force que si je paraissais moi-même devant les tribunaux. Vivant, je ne pourrais prouver que son avarice; la mort qu'il m'aura fait subir attestera sa scélératesse, son audace, sa férocité. » Ce qu'il ajoute est admirable. « Quand on instruira ton procès, Verrès, non-seulement tu seras investi par des légions de témoins, mais les Euménides qui vengent l'innocence, les Furies qui tourmentent le crime, sortiront des enfers pour presser ton jugement. Quant à moi,

ficis, vultum et manum vidisset, quum in conventu civium romanorum jussu tuo securi cives romani ferirentur. Ne multa, judices; libertate, quam vos sociis dedistis, hac ille in acerbissimo supplicio miserrimæ servitutis abusus est.

XLIV. 120. Condemnat omnes de consilii sententia; tamen neque iste in tanta re, tot hominum totque civium causa, P. Vettium ad se arcessit, quæstorem suum, cujus consilio uteretur; neque P. Cervium, talem virum, legatum, qui, quia legatus isto prætore in Sicilia fuit, primus ab isto judex rejectus est; sed de latronum, hoc est, de comitum suorum sententia condemnat omnes.

121. Hic cuncti Siculi, fidelissimi atque antiquissimi socii, plurimis affecti beneficiis a majoribus nostris, graviter commoventur, et de suis periculis fortunisque omnibus pertimescunt. Illam clementiam mansuetudinemque nostri imperii in tantam crudelitatem inhumanitatemque esse conversam! condemnari tot homines, uno tempore, nullo crimine! defensionem suorum furtorum prætorem improbum ex indignissima morte innocentium quærere! Nihil addi jam videtur, judices, ad hanc improbitatem, amentiam, crudelitatemque posse; et recte nihil videtur : nam, si cum aliorum improbitate certet, longe omnes multumque superabit.

122. Sed secum ipse certat; id agit, ut semper superius suum facinus novo scelere vincat. Phalargum Centuripinum dixeram exceptum esse a Cleomene, quod in ejus quadriremi Cleomenes vectus esset; tamen, quia pertimuerat adolescens, quod eamdem suam causam videbat esse, quam illorum qui innocentes peribant, ad hominem accedit Timarchides; a securi negat ei esse periculum, virgis ne cæderetur, monet ut caveat. Ne multa; ipsum dicere adolescentem audistis, se ob hunc virgarum metum pecuniam Timarchidi numerasse.

123. Levia sunt hæc in hoc reo crimina. Metum virgarum navarchus nobilissimæ civitatis pretio redemit; humanum [1] : alius, ne condemnaretur, pecuniam dedit; usitatum est. Non vult populus romanus obsoletis criminibus accusari Verrem; nova postulat, inaudita desiderat; non de prætore Siciliæ, sed de crudelissimo tyranno fieri judicium arbitratur.

la mort n'a rien qui m'effraie. J'ai déjà vu le visage de ton Sestius; j'ai vu la hache briller dans ses mains infâmes, lorsque, par ton ordre, il l'essayait sur des citoyens romains, en présence même de leurs concitoyens. » Que vous dirai-je de plus? Furius, subissant le plus cruel supplice des plus malheureux esclaves, a fait éclater cette liberté généreuse que Rome a donnée à ses alliés.

XLIV. 120. Verrès les condamne tous, de l'avis de son conseil : et cependant, à ce conseil qui doit prononcer sur la destinée de tant d'hommes, sur la vie de citoyens innocents, il n'appelle ni Vettius, son questeur, ni Cervius, son lieutenant, homme trop intègre pour être son assesseur, et sans doute aussi pour être son juge; car c'est le premier qu'il ait récusé, par la raison même qu'il a été son lieutenant. De l'avis de son conseil, je veux dire, de l'avis des brigands ses associés, il condamna tous les accusés.

121. Nos anciens et fidèles alliés, si souvent comblés de bienfaits par nos ancêtres, furent glacés d'effroi : personne ne se crut en sûreté. Ainsi donc cette clémence et cette douceur de notre empire se sont changées en un excès de cruauté et de barbarie! ainsi tant de malheureux sont condamnés, tous en un seul instant, tous sans être convaincus d'un seul crime! ainsi un préteur pervers cherche à couvrir par des flots de sang innocent les traces affreuses de ses brigandages! Il semble, et certes avec raison, qu'on ne peut rien ajouter à ce comble de perversité, de démence et de barbarie. Mais Verrès ne lutte pas contre les autres scélérats, il les a laissés loin derrière lui.

122. Il lutte contre lui-même; et le vœu de son ambition, c'est que toujours le crime qu'il va commettre surpasse le crime qu'il a commis. Je vous ai dit plus haut que Cléomène avait demandé une exception en faveur de Phalargue, parce qu'il était avec lui sur le vaisseau de Centorbe. Toutefois, en voyant périr tant de malheureux qui n'étaient pas plus coupables que lui, ce jeune homme n'était pas sans inquiétude. Timarchide vient le trouver; il lui dit qu'il n'a rien à craindre pour sa tête, mais que, s'il ne prend quelques précautions, il pourrait bien être battu de verges. Que vous faut-il de plus? vous avez entendu Phalargue lui-même déposer que, par précaution, il compta une somme d'argent à Timarchide.

123. Mais sont-ce là des reproches à faire à Verrès? Qu'un capitaine se soit garanti des verges pour de l'argent, c'est une chose toute simple. Qu'un autre ait payé pour n'être pas condamné, il n'y a rien de bien extraordinaire. Le peuple romain ne veut pas qu'on fasse à Verrès des reproches usés et rebattus. Il demande des crimes nouveaux; il attend des forfaits inconnus; il croit qu'on juge ici, non pas un préteur de la Sicile, mais le plus cruel des tyrans.

XLV. 124. Includuntur in carcerem condemnati; supplicium constituitur in illos; sumitur de miseris parentibus navarchorum; prohibentur adire ad filios, prohibentur liberis suis cibum vestitumque ferre. Patres hi quos videtis, jacebant in limine; matresque miseræ pernoctabant ad ostium carceris, ab extremo complexu liberum exclusæ; quæ nihil aliud orabant, nisi ut filiorum extremum spiritum ore excipere sibi liceret. Aderat janitor carceris, carnifex prætoris, mors terrorque sociorum et civium, lictor Sestius [1]; cui ex omni gemitu doloreque certa merces comparabatur. Ut adeas, tantum dabis; ut cibum tibi intro ferre liceat, tantum. Nemo recusabat. Quid? ut uno ictu securis afferam mortem filio tuo, quid dabis? ne diu crucietur? ne sæpius feriatur? ne cum sensu doloris aliquo aut cruciatu spiritus auferatur? Etiam ob hanc causam pecunia lictori dabatur.

125. O magnum atque intolerandum dolorem! o gravem acerbamque fortunam! non vitam liberum, sed mortis celeritatem pretio redimere cogebantur parentes. Atque ipsi etiam adolescentes cum Sestio de eadem plaga et de uno illo ictu loquebantur; idque postremum parentes suos liberi orabant, ut, levandi cruciatus sui gratia, lictori pecunia daretur. Multi et graves dolores inventi parentibus et propinquis; multi: verumtamen mors sit extrema. Non erit. Estne aliquid ultra, quo progredi crudelitas possit? reperietur: nam illorum liberi quum erunt securi percussi ac necati, corpora feris objicientur. Hoc si luctuosum est parenti, redimat pretio sepeliendi potestatem.

126. Onasum Segestanum, hominem nobilem, dicere audistis se ob sepulturam Heraclii navarchi pecuniam Timarchidi dinumerasse. Hoc (ne possis dicere: *patres enim veniunt, amissis filiis, irati*) vir primarius, homo nobilissimus, dicit; neque de filio dicit. Jam hoc, quis tum fuit Syracusis quin audierit, quin sciat, has per Timarchidem pactiones sepulturæ cum vivis etiam illis esse factas? Non palam cum Timarchide loquebantur? non omnes omnium propinqui adhibebantur? non palam vivorum funera locabantur? Quibus rebus omnibus actis atque decisis, producuntur e carcere, et deligantur ad palum.

XLV. 124. Les condamnés sont enfermés dans la prison. Le jour du supplice est fixé. On le commence dans la personne de leurs parents; on ne leur permet pas d'arriver jusqu'à leurs fils; on les empêche de leur porter des vivres et des vêtements. Ces pères, dont vous voyez les larmes, restaient étendus sur le seuil de la prison. De malheureuses mères passaient la nuit auprès de la porte qui les séparait de leurs enfants. Hélas! elles demandaient pour unique faveur de recueillir leur dernier soupir. Sestius était là : Sestius, le geôlier de la prison, le chef des bourreaux, la mort et la terreur de nos alliés et de nos citoyens. Ce féroce licteur mettait un prix à chaque larme; fixait un tarif à chaque douleur. Pour entrer, il faut tant; pour introduire des vivres, tant. Personne ne refusait. Mais que donneras-tu pour que, du premier coup, j'abatte la tête de ton fils? pour qu'il ne souffre pas longtemps? pour qu'il ne soit frappé qu'une fois? pour que la vie lui soit ôtée sans qu'il sente la hache? On payait encore au licteur ce funeste service.

125. O douleur! ô nécessité cruelle et déchirante! des pères, des mères forcés d'acheter pour leurs enfants, non la vie, mais la célérité de la mort! Et ces jeunes gens eux-mêmes composaient avec Sestius afin de n'être frappés qu'une fois. Ils demandaient à leurs parents, comme une dernière marque de tendresse, de payer Sestius pour qu'il abrégeât leur supplice. Voilà bien des tourments inventés contre les pères et contre les familles de ces tristes victimes; ils sont affreux, ils sont atroces : que du moins la mort de leurs fils en soit le terme! Non, il n'en sera rien. La cruauté peut-elle donc aller plus loin que la mort? elle en trouvera le moyen. Quand leurs enfants auront été frappés de la hache, et qu'ils auront perdu la vie, leurs corps seront exposés aux bêtes féroces. Si cette idée révolte l'âme d'un père, qu'il achète le droit d'ensevelir son fils.

126. Vous avez entendu Onasus de Ségeste déclarer qu'il a donné de l'argent à Timarchide pour la sépulture d'Héraclius. Ne dites pas, Verrès, que ce sont des pères irrités de la mort de leurs fils. Onasus est un des premiers citoyens de Ségeste; c'est un homme respectable, et celui dont il parle n'était pas son fils. D'ailleurs est-il à Syracuse un homme qui n'ait entendu dire, qui ne sache que Timarchide faisait avec les prisonniers encore vivants des marchés pour leur sépulture! que ces marchés étaient publics? que les familles y étaient admises? qu'on transigeait ouvertement pour les funérailles de gens encore pleins de vie? Tous ces traités conclus, les condamnés sont tirés de la prison, on les attache au poteau.

XLVI. 127. Quis tam fuit illo tempore durus et ferreus, quis tam inhumanus, præter unum te, qui non illorum ætate, nobilitate, miseria commoveretur? Ecquis fuit, quin lacrimaretur? quin ita calamitatem putaret illorum, ut fortunam tamen non alienam, periculum autem commune agi arbitraretur? Feriuntur securi: lætaris tu in omnium gemitu, et triumphas: testes avaritiæ tuæ gaudes esse sublatos. Errabas, Verres, et vehementer errabas, quum te maculas furtorum et flagitiorum tuorum, sociorum innocentium sanguine eluere arbitrabare; præceps amentia ferebare, qui te existimares avaritiæ vulnera crudelitatis remediis posse sanare. Etenim quanquam illi sunt mortui sceleris tui testes, tamen eorum propinqui neque tibi, neque illis desunt; tamen ex illo ipso numero navarchorum aliqui vivunt et adsunt; quos, ut mihi videtur, ab illorum innocentium pœna fortuna ad hanc causam reservavit.

128. Adest Philargus Haluntinus, qui, quia cum Cleomene non fugit, oppressus a prædonibus et captus est; cui calamitas saluti fuit; qui, nisi captus a piratis esset, in hunc prædonem sociorum incidisset. Dicit is pro testimonio, de missione nautarum, de fame, de Cleomenis fuga. Adest Centuripinus Phalargus, in amplissima civitate, amplissimo loco natus. Eadem dicit; nulla in re discrepat.

129. Per Deos immortales! judices, quo tandem animo sedetis? aut hæc quemadmodum auditis? Utrum ego desipio, et, plus quam satis est, doleo in tanta calamitate miseriaque sociorum? an vos quoque hic acerbissimus innocentium cruciatus et mœror pari sensu doloris afficit? Ego enim quum Herbitensem, quum Heracliensem securi esse percussum dico, versatur mihi ante oculos indignitas calamitatis.

XLVII. 130. Eorumne populorum cives, eorumne agrorum alumnos ex quibus maxima vis frumenti quotannis plebi romanæ, illorum operis ac laboribus, quæritur, qui a parentibus spe nostri imperii nostræque æquitatis suscepti[1] educatique sunt, ad C. Verris nefariam immanitatem et ad ejus securem funestam esse servatos? Quum mihi Tyndaritani illius venit in mentem, quum Segestani, tum jura simul civitatum atque officia considero. Quas urbes P. Africanus etiam or-

XLVI. 127. Quel cœur alors, j'en excepte le vôtre seul, quel cœur fut assez dur, assez cruel, assez féroce pour n'être pas touché de leur jeunesse, de leur naissance, de leur misère? Quels yeux purent refuser des larmes à leur malheur? quel homme ne vit dans leur sort déplorable, non une calamité étrangère, mais un péril qui menaçait toutes les têtes? On frappe le coup fatal : vous triomphez, barbare, au milieu des gémissements; vous vous félicitez d'avoir anéanti les témoins de votre avarice. Vous vous trompiez; oui, Verrès, vous vous trompiez cruellement, en croyant effacer par le sang de l'innocence la trace de vos brigandages et de vos infamies; vous étiez en démence, lorsque vous pensiez que la cruauté assurerait l'impunité de l'avarice. Les témoins de vos crimes ne sont plus, mais leurs parents vivent pour vous poursuivre et les venger, mais quelques-uns de ces capitaines respirent encore, ils sont devant vos juges, et la fortune semble les avoir soustraits au supplice pour assister à votre jugement.

128. Vous voyez devant vous, citoyens, Philargue d'Haluntium, qui, n'ayant pas fui avec Cléomène, a été accablé par les pirates et fait prisonnier. Son malheur l'a sauvé; s'il avait échappé aux pirates, il serait tombé entre les mains du bourreau de nos alliés. Il dépose des congés vendus aux matelots, de la disette des vivres, de la fuite de Cléomène. Avec lui, vous voyez Phalargue de Centorbe, un des premiers citoyens d'une ville puissante : il déclare les mêmes faits, sa déposition est la même.

129. Au nom des dieux immortels! juges qui m'écoutez, quelle impression a faite sur vous le récit de ces atrocités? Ne voyez-vous dans mes plaintes que le délire d'une âme que la douleur égare? ou plutôt le supplice horrible de tant d'innocents ne vous a-t il pas pénétrés de la même douleur? Pour moi, lorsque je prononce qu'un citoyen d'Herbite, qu'un citoyen d'Héraclée, ont péri sous la hache, cette scène affreuse se retrace tout entière à mon âme indignée.

XLVII. 130. Les habitants d'une province fidèle, les cultivateurs de ces terres qui, fécondées par leurs travaux, alimentent le peuple romain, ces hommes que leurs parents ont élevés dans l'espoir de les voir heureux à l'ombre de notre empire et de notre justice, étaient donc réservés à la cruauté de Verrès et à la hache de ses bourreaux! Quand je songe à ce capitaine de Tyndare, à ce capitaine de Ségeste, ma pensée se reporte au même instant vers les droits et les services des cités qui les ont vus naître. Ces villes que Scipion l'Africain crut devoir enrichir des dépouilles ennemies, Verrès, non content de leur

nandas esse spoliis hostium arbitratus est, eas C. Verres non solum illis ornamentis, sed etiam viris nobilissimis nefario scelere privavit. En quod Tyndaritani libenter prædicent : *Nos in septemdecim populis Siciliæ non eramus; nos semper, in omnibus Punicis Siciliensibusque bellis, amicitiam fidemque populi romani secuti sumus; a nobis omnia populo romano semper et belli adjumenta et pacis ornamenta ministrata sunt.* Multum vero hæc his jura profuerunt in istius imperio ac potestate.

131. Vestros quondam nautas contra Carthaginem Scipio duxit; at nunc naves contra prædones pæne inanes Cleomenes ducit. Vobiscum Africanus hostium spolia et præmia laudis communicavit; at nunc per me spoliati, nave a prædonibus abducta, ipsi in hostium numero locoque ducemini. Quid vero? illa Segestanorum non solum litteris tradita, neque commemorata verbis, sed multis officiis illorum usurpata et comprobata cognatio[1], quos tandem fructus hujusce necessitudinis in istius imperio tulit? Nempe hoc fuit jure, judices, ut ex sinu patris nobilissimus adolescens, et e complexu matris ereptus innocens filius, istius carnifici Sestio dederetur. Cui civitati majores nostri maximos agros atque optimos concesserunt, quam immunem esse voluerunt, hæc tanta apud te cognationis, fidelitatis, vetustatis auctoritate, ne hoc quidem juris obtinuit, ut unius honestissimi atque innocentissimi civis mortem et sanguinem deprecaretur.

XLVIII. 132. Quo confugient socii? quem implorabunt? qua spe denique, ut vivere velint, tenebuntur, si vos eos deseritis? Ad senatum devenient, qui de Verre supplicium sumat? non est usitatum, non senatorium. Ad populum romanum confugient? facilis est causa populi; legem enim se sociorum causa jussisse, et vos ei legi custodes ac vindices præposuisse dicet. Hic locus est igitur unus quo perfugiant; hic portus, hæc arx, hæc ara sociorum; quo quidem nunc non ita confugiunt, ut antea in suis repetendis rebus solebant; non argentum, non aurum, non vestem, non mancipia repetunt; non ornamenta quæ ex urbibus fanisque erepta sunt : metuunt homines imperiti, ne jam hæc populus romanus concedat, et jam fieri velit. Patimur enim jam multos annos, et silemus,

enlever ces honorables trophées, les prive même de leurs plus nobles citoyens. Voici ce que les habitants de Tyndare se font gloire de répéter : « Nous n'étions pas au nombre des dix-sept peuples qui combattirent pour la rivale de Rome. Dans toutes les guerres Puniques et Siciliennes, le peuple romain trouva toujours en nous des amis et des alliés inébranlables. En guerre, en paix, nos armes et nos moissons furent constamment au service des Romains. » Ah! ces titres leur ont merveilleusement servi sous l'empire de ce tyran.

131. Scipion, leur répondrait Verrès, Scipion conduisit autrefois vos matelots contre Carthage : aujourd'hui Cléomène conduit vos vaisseaux désarmés contre les pirates. Il plut au vainqueur de l'Afrique de partager avec vous les dépouilles des ennemis et le prix de ses victoires : aujourd'hui je vous dépouille vous-mêmes ; votre vaisseau sera emmené par les pirates, et vous serez traités en ennemis. Et cette affinité des Ségestains, consacrée dans les fastes de l'histoire, constatée par une tradition antique, fortifiée et resserrée par tant de services rendus, quel fruit en ont-ils retiré sous la préture de Verrès? le voici : Un jeune homme du plus grand mérite a été enlevé du sein de son père ; un fils innocent a été arraché des bras de sa mère, pour être livré à Sestius. Nos ancêtres accordèrent à Ségeste les terres les plus étendues et les plus fertiles ; ils voulurent qu'elle fût exempte de tout impôt ; et cette ville, si respectable par les titres sacrés de l'affinité, de la fidélité, de l'alliance la plus antique, n'a pas eu même le droit d'obtenir la vie d'un citoyen innocent et vertueux !

XLVIII. 132. Juges, quel sera le refuge de nos alliés? quel secours pourront-ils implorer? quel espoir les attachera désormais à la vie, si vous les abandonnez? Viendront-ils au sénat demander la punition de Verrès? le soin de le punir ne regarde pas le sénat. La demanderont-ils au peuple romain? le peuple les écartera d'un seul mot ; il leur dira qu'il a porté une loi en faveur des alliés, et qu'il vous a établis les garants et les vengeurs de cette loi. Ce tribunal est donc leur seul refuge ; c'est le port, l'asile, l'autel qu'ils doivent embrasser. Ils n'y viennent pas, comme autrefois, réclamer leurs biens et leurs fortunes ; ils ne redemandent point l'argent, l'or, les étoffes, les esclaves, les chefs-d'œuvre dont leurs villes et leurs temples ont été dépouillés. Ils craignent, dans leur simplicité, que le peuple romain ne permette et n'autorise ces brigandages. Depuis longtemps en effet nous souffrons, et nous souffrons en silence que

quum videamus ad paucos homines omnes omnium nationum pecunias pervenisse: quod eo magis ferre æquo animo atque concedere videmur, quia nemo istorum dissimulat, nemo laborat ut obscura sua cupiditas esse videatur.

133. In urbe nostra pulcherrima atque ornatissima, quod signum, quæ tabula picta est, quæ non ab hostibus victis capta atque apportata sit? At istorum villæ sociorum fidelissimorum et plurimis et pulcherrimis spoliis ornatæ refertæque sunt. Ubi pecunias exterarum nationum esse arbitramini, quibus nunc omnes egent, quum Athenas, Pergamum, Cyzicum, Miletum, Chium, Samum, totam denique Asiam, Achaiam, Græciam, Siciliam, jam in paucis villis inclusas esse videatis? Sed hæc, ut dico, omnia jam socii vestri relinquunt et negligunt, judices. Ne publice a populo romano spoliarentur, officiis ac fide providerunt: paucorum cupidati tum quum obsistere non poterant, tamen sufficere aliquo modo poterant. Nunc vero jam adempta est non modo resistendi, verum etiam suppeditandi facultas. Itaque res suas negligunt; pecunias, quo nomine judicium hoc appellatur[1], non repetunt; relinquunt et negligunt. Hoc jam ornatu ad vos confugiunt: adspicite, adspicite, judices, squalorem sordesque sociorum.

XLIX. 134. Sthenius hic Thermitanus cum hoc capillo atque veste, domo sua tota expilata, mentionem tuorum furtorum non facit; sese ipsum abs te repetit; nihil amplius: totum enim tua libidine et scelere ex sua patria (in qua multis virtutibus et beneficiis floruit princeps) sustulisti. Dexio hic, quem videtis, non quæ publice Tyndari, non quæ privatim sibi eripuisti, sed unicum miser abs te filium optimum atque innocentissimum flagitat; non ex litibus æstimatis tuis pecuniam, domum, sed ex tua calamitate cineri atque ossibus filii sui solatium vult aliquod reportare. Hic, tam grandis natu, Eubulida, hoc tantum, exacta ætate, laboris itinerisque suscepit, non ut aliquid ex suis bonis recuperaret, sed ut, quibus oculis cruentas cervices filii sui viderat, iisdem te condemnatum videret.

135. Si per L. Metellum licitum esset[2], judices, matres illorum, uxores sororesque veniebant: quarum una, quum ego

les richesses de toutes les nations deviennent la propriété de quelques hommes, et nous paraissons l'approuver d'autant plus que nul des coupables n'use de dissimulation, et ne se met en peine de pallier ses rapines.

133. Parmi tous les chefs-d'œuvre qui décorent notre cité si brillante et si magnifique, est-il une statue, un tableau qui n'ait été conquis sur les ennemis vaincus? Mais les campagnes de ces déprédateurs sont ornées et remplies des plus précieuses dépouilles de nos plus fidèles alliés. Où sont en effet les richesses des nations maintenant réduites à l'indigence? Pouvez-vous le demander, quand vous voyez Athènes, Pergame, Cyzique, Milet, Chio, Samos, l'Asie entière, l'Achaïe, la Grèce, la Sicile, renfermées dans un petit nombre de maisons de plaisance? Mais, je l'ai déjà dit, vos alliés abandonnent leurs richesses. Ils ont mérité par leurs services et leur fidélité de n'être pas dépouillés par le peuple romain : si quelquefois ils se sont vus trop faibles pour lutter contre la cupidité de certains prévaricateurs, ils étaient du moins assez riches pour y suffire. Il ne leur reste aujourd'hui ni la force de lui résister, ni les moyens de la satisfaire. Je le répète donc, ils renoncent à leurs propriétés. Devant un tribunal destiné à punir les concussionnaires, ils ne parlent pas de concussions : ils laissent tout, ils abandonnent tout. Et c'est dans cet état de dénûment qu'ils recourent à vous. Regardez, citoyens, regardez la détresse et la misère extrême de vos alliés.

XLIX. 134. Ce Sthénius de Thermes, qui paraît ici les cheveux épars, les habits déchirés, a vu sa maison dépouillée tout entière. Verrès, il ne parle point de vos brigandages : le seul bien qu'il redemande, c'est sa propre existence. Votre scélératesse et vos fureurs l'ont enlevé à sa patrie, où ses vertus et ses bienfaits lui assignaient le premier rang. Dexion ne réclame point ce que vous avez enlevé soit à la ville de Tyndare, soit à lui-même. Malheureux père ! il vous demande son fils unique, son fils innocent et vertueux. Peu lui importent les restitutions qu'il a droit d'attendre ; ce qu'il désire, c'est d'emporter votre condamnation, pour consoler enfin les mânes de son fils. Cet Eubulide, courbé sous le poids des ans, n'a pas exposé sa vieillesse aux fatigues d'un si long voyage dans l'espoir de recueillir quelques débris de sa fortune, mais pour que ses yeux, qui ont vu couler le sang de son fils, voient aussi la punition de son bourreau.

135. Si Métellus l'avait permis, vous auriez devant vous les mères, les femmes, les sœurs de ces infortunés. La nuit où j'entrai dans

ad Heracleam noctu accederem, cum omnibus matronis ejus civitatis et cum multis facibus mihi obviam venit; et ita, me suam salutem appellans, te suum carnificem nominans, filii nomen implorans, mihi ad pedes misera jacuit, quasi ego excitare filium ejus ab inferis possem. Faciebant hoc idem in ceteris civitatibus grandes natu matres, et item parvuli liberi miserorum; quorum utrorumque ætas laborem et industriam meam, fidem et misericordiam vestram requirebat.

136. Itaque ad me, judices, præter ceteras hanc querimoniam Sicilia detulit. Lacrimis ego ad hoc, non gloria, inductus accessi: ne falsa damnatio, ne carcer, ne catenæ, ne verbera, ne secures, ne cruciatus sociorum, ne sanguis innocentium, ne denique etiam exsanguium corpora mortuorum, ne mœror parentum ac propinquorum, magistratibus nostris quæstui posset esse. Hunc ego si metum Siciliæ, damnatione istius, per vestram fidem et severitatem dejecero, judices, satis officio meo, satis illorum voluntati qui a me hoc petiverunt, factum esse arbitrabor.

L. 137. Quapropter, si quem forte inveneris, qui hoc navale crimen conetur defendere, is ita defendat: illa communia, quæ ad causam nihil pertinent, prætermittat: me culpam fortunæ assignare, calamitatem crimini dare; me amissionem classis objicere, quum multi viri fortes in communi incertoque periculo belli, et terra, et mari, sæpe offenderint. Nullam tibi objicio fortunam; nihil est, quod ceterorum res minus commode gestas proferas, nihil est quod multorum naufragia fortunæ colligas. Ego naves inanes fuisse dico; remiges nautasque dimissos; reliquos stirpibus vixisse palmarum; præfuisse classi populi romani Siculum; perpetuo sociis atque amicis, Syracusanum; te illo tempore ipso, superioribusque diebus omnibus, in littore cum mulierculis perpotasse dico: harum rerum omnium auctores testesque produco.

138. Num tibi insultare in calamitate, num intercludere perfugium fortunæ, num casus bellicos exprobrare aut objicere videor? tametsi solent hi fortunam sibi objici nolle, qui se fortunæ commiserunt, qui in ejus periculis sunt ac varietate versati. Istius quidem calamitatis tuæ fortuna particeps non fuit. Homines enim in prœliis, non in conviviis, belli fortunam ten-

Héraclée, une d'elles vint à ma rencontre, à la clarté des flambeaux, accompagnée de toutes les mères de famille ; et, m'appelant son libérateur, nommant Verrès son bourreau, répétant le nom de son fils, cette femme, abîmée de douleur, restait étendue à mes pieds, comme s'il eût été en mon pouvoir de le rappeler à la vie. Les autres villes m'offrirent le même spectacle. Juges, partout la vieillesse et l'enfance sollicitaient mon zèle et ma sensibilité, partout elles imploraient votre justice et votre compassion.

136. Aussi parmi toutes les autres plaintes des Siciliens, c'est surtout celle-là qu'ils m'ont chargé de vous faire entendre. Leurs larmes, et non le désir de la gloire, m'ont déterminé à prendre leur défense. J'ai voulu que les condamnations injustes, que les cachots, les fers, les verges, les haches, les tourments de nos alliés, le sang des innocents, la sépulture des morts, le désespoir des familles, ne pussent être désormais pour nos magistrats l'objet d'un trafic abominable. Si je parviens à délivrer les Siciliens de cette crainte, en armant votre justice contre leur oppresseur, je croirai avoir rempli mon devoir et comblé les vœux de la province qui m'a donné sa confiance.

L. 137. Ainsi, Verrès, s'il se rencontre un homme assez intrépide pour essayer de vous justifier sur ce qui concerne la flotte, qu'il évite les lieux communs étrangers à la cause ; qu'il ne dise pas que je vous impute les fautes de la fortune ; que je vous fais un crime du malheur ; que je vous reproche la perte de la flotte, quoique souvent le sort des armes ait trahi la valeur des plus habiles capitaines : je ne vous rends point garant des torts de la fortune. Il n'est pas besoin de nous citer les revers des autres généraux, et de recueillir les débris de leurs naufrages. Je dis que les vaisseaux étaient vides; que les rameurs et les matelots achetaient leurs congés ; que ceux qui sont restés ont vécu de racines sauvages ; qu'un Sicilien a commandé la flotte romaine ; que des peuples, de tout temps nos alliés, ont été soumis aux ordres d'un Syracusain ; que, pendant ce temps même et pendant tous les jours qui l'ont précédé, vous vous enivriez sur le rivage avec des femmes. Voilà ce que je dis et ce que je prouve par des témoins irrécusables.

138. Est-ce là insulter à votre malheur, vous fermer tout recours sur la fortune, vous objecter ou vous reprocher les accidents de la guerre ? Après tout, le droit d'accuser la fortune suppose l'essai de son inconstance et de ses caprices. Elle n'est pour rien dans votre désastre. C'est dans les combats, et non dans les festins qu'on a

tare ac periclitari solent; in illa autem calamitate, non Martem fuisse communem, sed Venerem, possumus dicere. Quod si fortunam objici tibi non oportet, cur tu fortunæ illorum innocentium veniam ac locum non dedisti?

139. Etiam illud præcidas licet, te, quod supplicium more majorum sumpseris securique percusseris, idcirco a me in crimen et invidiam vocari. Non in supplicio crimen meum vertitur; non ego securi nego quemquam feriri debere; non ego metum ex re militari, non severitatem imperii, non pœnam flagitii tolli dico oportere: fateor non modo in socios, sed etiam in cives militesque nostros, persæpe esse severe ac vehementer vindicatum. Quare hæc quoque prætermittas licet.

LI. 140. Ego culpam non in navarchis, sed in te fuisse demonstro; te pretio milites remigesque dimisisse arguo: hoc navarchi reliqui dicunt; hoc Netinorum fœderata civitas publice dicit; hoc Herbitenses, hoc Amestratini, hoc Ennenses, hoc Agyrinenses, Tyndaritani publice dicunt; tuus denique testis, tuus imperator, tuus hospes Cleomenes hoc dicit, sese in terram esse egressum, uti Pachyno, e terrestri præsidio, milites colligeret, quos in navibus collocaret: quod certe non fecisset, si suum numerum naves haberent: ea est enim ratio instructarum ornatarumque navium, ut non modo plures, sed ne singuli quidem possint accedere.

141. Dico præterea illos ipsos reliquos nautas fame atque inopia rerum omnium confectos fuisse ac perditos. Dico, aut omnes extra culpam fuisse; aut, si uni attribuenda culpa sit, in eo maximam fuisse, qui optimam navem, plurimos nautas haberet, summum imperium obtineret; aut, si omnes in culpa fuerint, non oportuisse Cleomenem constitui spectatorem illorum mortis atque cruciatus. Dico etiam, in illo supplicio mercedem lacrimarum, mercedem vulneris atque plagæ, mercedem funeris ac sepulturæ constitui nefas fuisse.

142. Quapropter, si mihi respondere voles, hæc dicito: classem instructam atque ornatam fuisse; nullum propugnatorem abfuisse; nullum vacuum transtrum fuisse; remigi rem frumentariam esse suppeditatam; mentiri navarchos, mentiri tot et tam graves civitates, mentiri etiam Siciliam totam; proditum te esse a Cleomene, qui se dixerit exisse in

coutume de tenter la fortune et les hasards de la guerre. Mais on peut dire que vous vous êtes exposé aux dangers de Vénus, et nullement à ceux de Mars. Enfin, s'il ne faut pas qu'on vous accuse des torts de la fortune, pourquoi des hommes qui n'avaient pas d'autre crime n'ont-ils pas trouvé grâce devant vous?

139. Dispensez-vous encore de répondre que je cherche à vous rendre odieux pour avoir employé le supplice établi par nos ancêtres, et pour avoir fait usage de la hache. Mon accusation ne porte point sur le genre du supplice. Je ne prétends pas qu'on ne doive jamais se servir de la hache, et qu'il faille bannir de la discipline militaire la crainte, la sévérité, le châtiment. J'avoue que souvent on a déployé toute la rigueur des lois, non-seulement contre des alliés, mais même contre nos citoyens et nos soldats : ainsi faites-nous grâce encore de ce lieu commun.

LI. 140. Ce que je dis, c'est que vous êtes coupable, et que les capitaines ne l'étaient pas; c'est que vous avez vendu les congés aux soldats et aux rameurs; et je le prouve, et je le démontre par les dépositions des capitaines échappés à vos fureurs, par celles des députés de Nétum, d'Herbite, d'Amestra, d'Enna, d'Agyre, de Tyndare, qui parlent tous au nom de leurs villes; en un mot, par l'aveu de votre propre témoin, de votre général, de votre hôte, Cléomène, qui déclare être descendu à Pachynum pour en tirer quelques soldats et les placer sur ses vaisseaux : ce qu'il n'eût pas fait sans doute, s'il ne lui eût manqué personne; car dans un vaisseau dont l'équipage est complet, il ne reste plus de place ni pour plusieurs, ni même pour un seul.

141. Je dis en second lieu que ceux des matelots qui sont restés ont manqué de tout. J'ajoute que la faute n'était celle de personne, ou que le coupable, s'il y en avait un, était celui qui avait le meilleur vaisseau, le plus grand nombre de rameurs, et le commandement suprême, ou enfin que, si tous ont manqué à leur devoir, Cléomène n'a pas dû être spectateur tranquille des tourments et de la mort de ceux dont il était le complice. Je dis encore qu'il est horrible qu'on ait mis une taxe sur les larmes, sur le coup de la mort, sur la sépulture de ces infortunés.

142. Si donc vous voulez me répondre, dites que la flotte était bien équipée, qu'il n'y manquait pas un soldat, qu'aucun banc n'était vide, que les vivres ont été fournis aux équipages, que les capitaines sont des imposteurs, que tant de cités respectables, que la Sicile entière, attestent une imposture; que Cléomène est un traître,

terram; ut Pachyno deduceret milites, animum illis, non copias defuisse; Cleomenem acerrime pugnantem ab his relictum esse atque desertum; nummum ob sepulturam datum nemini : quæ si dices, tenebere; sin alia dices, quæ a me dicta sunt non refutabis.

LII. 143. Hic tu etiam dicere audebis? *Est in judicibus ille familiaris meus; est paternus amicus ille.* Non, ut quisque maxime est quicum tibi aliquid sit, ita tui hujuscemodi criminis maxime eum pudet? Paternus amicus est! Ipse pater si judicaret, per deos immortales! quid facere posset, quum tibi hæc diceret? « Tu in provincia populi romani prætor, quum tibi maritimum bellum esset administrandum, Mamertinis, ex fœdere quam deberent navem, per triennium remisisti; tibi apud eosdem privata navis oneraria maxima publice est ædificata. Tu a civitatibus pecunias classis nomine coegisti; tu pretio remiges dimisisti. Tu, quum navis esset a quæstore et ab legato capta prædonum, archipiratam ab omnium oculis removisti; tu, qui cives romani esse dicerentur, qui a multis cognoscerentur, securi ferire potuisti; tu tuam domum piratas abducere, in judicium archipiratam domo producere ausus es!

144. Tu in provincia tam splendida, apud socios fidelissimos, cives romanos honestissimos, in metu periculoque provinciæ, dies continuos complures in littore conviviisque jacuisti; te per eos dies nemo domi tuæ convenire, nemo in foro videre potuit; tu sociorum atque amicorum ad ea convivia matresfamilias adhibuisti; tu inter ejusmodi mulieres prætextatum tuum filium, nepotem meum, collocavisti, ut ætati maxime lubricæ atque incertæ exempla nequitiæ parentis vita præberet; tu, prætor, in provincia, cum tunica pallioque purpureo visus es; tu propter amorem libidinemque tuam imperium navium legato populi romani ademisti, Syracusano tradidisti; tui milites in provincia Sicilia frugibus frumentoque caruere; tua luxuria atque avaritia classis populi romani a prædonibus capta et incensa est.

145. Post Syracusas conditas, quem in portum nunquam hostis accesserat, in eo, te prætore, primum piratæ navigave-

quand il dit être descendu à Pachynum pour y prendre des soldats; que les capitaines ont manqué, non de troupes, mais de courage; qu'ils ont lâchement abandonné Cléomène qui combattait en héros; que personne n'a reçu d'argent pour leur sépulture : si c'est là ce que vous dites, il sera facile de vous confondre; si vous dites autre chose, vous ne m'aurez pas répondu.

LII. 143. Et vous viendrez dire ici : Tel juge est mon ami, tel autre est l'ami de mon père! Non, Verrès : plus ce juge a eu de rapports avec vous, plus il rougit, en vous voyant l'objet d'une telle accusation. L'ami de votre père! Eh! votre père lui-même, s'il était juge, que pourrait-il faire? « Mon fils, vous dirait-il, tu étais préteur dans une province du peuple romain; et lorsque ton devoir était de tout disposer pour une guerre maritime, tu as, pendant trois années, dispensé Messine du vaisseau que le traité l'obligeait de fournir; et cette même Messine, aux frais de son trésor, a construit pour toi un superbe vaisseau de transport. Tu faisais contribuer les villes pour l'équipement d'une flotte, et tu vendais à ton profit les congés des matelots. Lorsque ton questeur et ton lieutenant eurent pris un vaisseau des pirates, tu en as soustrait le chef à tous les regards, et tu n'as pas craint de frapper de la hache des hommes reconnus et réclamés comme citoyens romains! tu as osé retirer des pirates dans ta maison, et produire devant le tribunal leur chef que tu gardais chez toi!

144. Dans une province telle que la Sicile, chez les plus fidèles de nos alliés, sous les yeux d'une foule de citoyens romains, au milieu des alarmes et des périls de la province, tu as passé plusieurs jours de suite à t'enivrer sur le rivage, et pendant ce temps, nul n'a pu pénétrer jusqu'à toi, ni te voir un instant dans le forum. Tu admettais à ces festins les épouses de nos amis et de nos alliés; et parmi ces femmes corrompues, tu plaçais ton fils, mon petit-fils, à peine sorti de l'enfance, afin que, dans cet âge tendre et flexible, l'exemple de son père fût pour lui la première leçon du vice. Préteur, tu as paru dans ta province en tunique, en manteau de pourpre; afin de tranquilliser tes honteuses amours, tu as ôté au lieutenant du peuple romain le commandement de nos vaisseaux, et tu l'as remis à un Syracusain; tes soldats ont manqué de blé dans la Sicile; tes débauches et ton avarice ont livré notre flotte aux pirates qui l'ont réduite en flammes.

145. Un port où, depuis la fondation de Syracuse, nul ennemi n'a jamais pénétré, des pirates y sont entrés pour la première fois

runt. Neque hæc tot tantaque dedecora dissimulatione tua, neque oblivione hominum ac taciturnitate, tegere voluisti; sed etiam navium præfectos, sine ulla causa, de complexu parentum suorum, hospitum tuorum, ad mortem cruciatumque rapuisti; neque, in parentum luctu atque lacrimis, te mei nominis commemoratio mitigavit; tibi hominum innocentium sanguis non modo voluptati, sed etiam quæstui fuit. »Hæc si tibi tuus parens diceret, posses ab eo veniam petere? posses, ut tibi ignosceret, postulare?

CONTENTIONIS QUARTA PARS.

VERRIS CRUDELITAS IN CIVES ROMANOS.

LIII. 146. Satis est factum Siculis, satis officio ac necessitudini, judices; satis promisso muneri ac recepto. Reliqua est ea causa, judices, quæ non jam recepta, sed innata; neque delata ad me, sed in animo sensuque meo penitus affixa atque insita est: quæ non ad sociorum salutem, sed ad civium romanorum, hoc est, ad uniuscujusque nostrum vitam et sanguinem pertinet. In qua nolite a me, quasi dubium sit aliquid, argumenta, judices, exspectare: omnia, quæ dicam de supplicio civium romanorum, sic erunt clara et illustria, ut ad ea probanda totam Siciliam testem adhibere possim. Furor enim quidam, sceleris et audaciæ comes, istius effrenatum animum importunamque naturam tanta oppressit amentia, ut nunquam dubitaret, in conventu, palam, supplicia quæ in convictos maleficii servos constituta sunt, ea in cives romanos expromere. Virgis quam multos ceciderit, quid ego commemorem? Tantum brevissime dico, judices: nullum fuit omnino, isto prætore, in hoc genere discrimen. Itaque jam consuetudine ad corpora civium romanorum etiam sine istius nutu, ferebatur manus ipsa lictoris.

LIV. 147. Num potes hoc negare, Verres, in foro Lilybæi, maximo conventu, C. Servilium, civem romanum, in conventu Panormitano veterem negotiatorem, ad tribunal, ante pedes tuos, ad terram virgis et verberibus abjectum? Aude hoc primum negare, si potes. Nemo Lilybæi fuit, quin viderit; nemo

sous ta préture. Loin de dissimuler ces opprobres et de chercher à les ensevelir dans le silence et dans l'oubli, tu as, sans aucune raison, arraché les capitaines des bras de leurs parents et de tes hôtes, pour les traîner aux tourments et à la mort. Témoin de la douleur et des larmes de ces pères infortunés, mon nom qu'ils invoquaient n'a pas adouci ton cœur, et le sang de l'innocent a tout à la fois assouvi ta cruauté et ton avarice. » — Si votre père vous adressait ce langage, pourriez-vous même solliciter sa pitié?

QUATRIÈME PARTIE DE LA DISCUSSION.

CRUAUTÉ DE VERRÈS CONTRE DES CITOYENS ROMAINS.

LIII. 146. J'ai rempli mon devoir envers les Siciliens; j'ai fait pour eux ce qu'ils avaient droit d'attendre d'un défenseur et d'un ami; mes promesses sont acquittées et mes engagements remplis. Il me reste à défendre une cause que personne ne m'a confiée; c'est en qualité de citoyen que je l'entreprends: je ne suis plus l'organe d'un ressentiment étranger; je me livre aux transports d'une âme profondément indignée. Il ne s'agit plus de la vie de nos alliés, mais du sang des citoyens romains, c'est-à-dire de l'existence de chacun de nous. Ici, n'attendez pas que j'accumule les preuves: les faits ne sont pas douteux; et tout ce que je dirai du supplice des citoyens romains est si public et si notoire, que je pourrais appeler en témoignage la Sicile tout entière. Une sorte de frénésie qui accompagne la scélératesse et l'audace, s'était emparée de l'âme de Verrès; et chez lui le crime était un besoin si pressant, la cruauté une manie si aveugle, qu'en présence d'une foule de Romains il n'hésitait pas à déployer contre nos citoyens les supplices réservés aux esclaves convaincus des plus grands forfaits. Qu'est-il besoin que je dénombre tous ceux qu'il a fait battre de verges? Il suffira de dire que, durant sa préture, nulle distinction ne fut jamais admise. Aussi la main de son licteur se portait par habitude sur les corps de nos citoyens, sans même attendre un signal du préteur.

LIV. 147. Pouvez-vous nier, Verrès, que dans le forum de Lilybée, en présence d'un peuple nombreux, C. Servilius, chevalier romain, ancien négociant de Palerme, est tombé au pied de votre tribunal sous les coups de vos bourreaux? Niez ce premier fait, si vous l'osez. Tout Lilybée l'a vu, toute la Sicile l'a entendu. Oui,

in Sicilia, quin audierit. Plagis confectum dico a lictoribus tuis civem romanum ante oculos tuos concidisse.

148. Ob quam causam? dii immortales! tametsi injuriam facio communi causæ et juri civitatis: quasi enim possit esse ulla causa, cur hoc cuiquam civi romano jure accidat, ita quæro quæ in Servilio causa fuerit. Ignoscite in hoc uno, judices; in ceteris enim non magnopere causas requiram. Locutus erat liberius de istius improbitate atque nequitia. Quod isti simul ac renuntiatum est, hominem jubet Lilybæum vadimonium venerio [1] servo promittere. Promittit. Lilybæum venitur. Cogere eum cœpit, quum ageret nemo, nemo postularet, H-S. duobus millibus sponsionem facere cum lictore suo, *ni furtis quæstum faceret* [2]. Recuperatores [3] de cohorte sua dicit daturum. Servilius, et recusare, et deprecari ne iniquis judicibus, nullo adversario, judicium capitis in se constitueretur.

149. Hæc quum maxime loqueretur, sex lictores eum circumsistunt valentissimi, et ad pulsandos verberandosque homines exercitatissimi; cædunt acerrime virgis; denique proximus lictor [4] de quo sæpe jam dixi, Sestius, converso bacillo, oculos misero tundere vehementissime cœpit. Itaque illi quum sanguis os oculosque complesset, concidit, quum illi nihilominus jacenti latera tunderentur, ut aliquando spondere se diceret. Sic ille affectus, illinc tum pro mortuo sublatus, brevi postea est mortuus: iste autem homo venerius, et affluens omni lepore et venustate, de bonis illius in æde Veneris argenteum Cupidinem posuit. Sic etiam fortunis hominum abutebatur ad nocturna vota cupiditatum suarum.

LV. 150. Nam quid ego de ceteris civium romanorum suppliciis singillatim potius, quam generatim atque universe loquar? Carcer ille, qui est a crudelissimo tyranno Dionysio factus Syracusis, quæ Latomiæ vocantur [5], in istius imperio domicilium civium romanorum fuit: ut quisque istius animum aut oculos offenderat, in Latomias statim conjiciebatur. Indignum hoc video videri omnibus, judices; et id jam priore actione, quum hæc testes dicerent, intellexi. Retineri enim putatis oportere jura libertatis, non modo hic, ubi tribuni plebis sunt, ubi ceteri magistratus, ubi plenum forum judiciorum,

je dis qu'un citoyen est tombé à vos pieds, déchiré de coups par vos licteurs.

148. Et pour quelle cause, grands dieux! Pardonnez, droits sacrés du citoyen! Je demande pour quelle cause Servilius a été battu de verges. En est-il donc qui puisse justifier un tel attentat contre un de nos citoyens? Mais permettez cette question pour une seule fois : désormais je ne m'occuperai guère à chercher les raisons de sa conduite. Servilius s'était expliqué un peu librement sur la perversité et les débauches de Verrès. Aussitôt que Verrès en est informé, il envoie un esclave du temple de Vénus pour l'assigner à comparaître à Lilybée. Servilius promet de s'y rendre; il s'y rend. Et là, quoique personne ne l'accuse et n'intente action contre lui, Verrès commence par exiger qu'il consigne deux mille sesterces qui seront au profit de son licteur, s'il ne se disculpe pas d'avoir dit que le préteur s'enrichit par des vols. Il annonce qu'il nommera pour commissaires des hommes de sa suite. Servilius se récrie, et demande qu'un procès criminel ne lui soit pas intenté devant des juges iniques, sans qu'aucun accusateur se lève contre lui.

149. Pendant qu'il proteste avec force, les six licteurs très-vigoureux et très-exercés à cet infâme ministère, le saisissent et le frappent à coups redoublés. Bientôt le chef des licteurs, Sestius, dont j'ai déjà parlé plus d'une fois, retourne son faisceau et lui frappe les yeux avec une horrible violence. Le visage tout en sang, il tombe aux pieds de ses bourreaux qui ne cessent de lui déchirer les flancs, afin de lui arracher la promesse de consigner. Après cette exécution barbare, il fut emporté comme mort, et mourut en effet peu de temps après. Notre nouvel Adonis, cet homme charmant et pétri de grâces, fit placer aux dépens de cet infortuné un Cupidon d'argent dans le temple de Vénus. C'était ainsi que le vol acquittait les vœux de la débauche.

LV. 150. Pourquoi rappeler en détail les supplices des autres citoyens romains? Un seul tableau vous les offrira tous sous un même point de vue. Cette prison qui fut bâtie par le cruel Denys, les carrières de Syracuse devinrent, sous Verrès, le domicile des citoyens romains. Quiconque avait le malheur de l'offenser ou de lui déplaire, était aussitôt jeté dans les carrières. Vous frémissez, citoyens, et je vous ai déjà vus frémir, lorsque, dans la première action, les témoins ont fait entendre ces faits. Vous pensez qu'il ne suffit pas que les droits de la liberté soient respectés à Rome, où nous avons pour les maintenir les tribuns et les autres magistrats,

ubi senatus auctoritas, ubi existimatio populi romani et frequentia ; sed, ubicunque terrarum et gentium violatum jus civium romanorum sit, statuistis id pertinere ad communem causam libertatis et dignitatis.

151. In externorum hominum et maleficorum sceleratorumque, in prædonum hostiumque custodias tu tantum numerum civium romanorum includere ausus es? nunquamne tibi judicii, nunquam concionis, nunquam hujus tantæ frequentiæ, quæ nunc animo te iniquissimo infestissimoque intuetur, venit in mentem ? nunquam tibi populi romani absentis dignitas, nunquam species ipsa hujuscemodi multitudinis in oculis animoque versata est ? nunquam te in horum conspectum rediturum, nunquam in forum populi romani venturum, nunquam sub legum et judiciorum potestatem casurum esse putasti?

LVI. 152. At quæ erat ista libido crudelitatis exercendæ ? quæ tot scelerum suscipiendorum causa? nulla, judices, præter prædandi novam singularemque rationem. Nam ut illi, quos a poetis accepimus, sinus quosdam obsedisse maritimos, aut aliqua promontoria, aut prærupta saxa tenuisse dicuntur, ut eos, qui essent appulsi navigiis, interficere possent ; sic iste in omnia maria infestus ex omnibus Siciliæ partibus imminebat. Quæcumque navis ex Asia, quæ ex Syria, quæ Tyro, quæ Alexandria venerat, statim certis indicibus et custodibus tenebatur ; vectores omnes in Latomias conjiciebantur : onera atque merces in prætoriam domum deferebantur. Versabatur in Sicilia longo intervallo alter, non Dionysius ille, nec Phalaris (tulit enim illa quondam insula multos et crudeles tyrannos) ; sed quoddam novum monstrum, ex vetere illa immanitate quæ in iisdem locis versata esse dicitur. Non enim Charybdim tam infestam, neque Scyllam nautis, quam istum in eodem freto fuisse arbitror : hoc etiam iste infestior, quod multo se pluribus et majoribus canibus succinxerat. Cyclops alter, multo importunior : hic enim totam insulam obtinebat ; ille Ætnam solam, et eam Siciliæ partem tenuisse dicitur.

153. At quæ causa tum subjiciebatur ab ipso, judices, hujus tam nefariæ crudelitatis ? eadem quæ nunc in defensione commemorabitur. Quicunque accesserant ad Siciliam paulo ple-

les tribunaux qui entourent le forum, l'autorité du sénat, la présence et la majesté du peuple romain ; mais que dans tous les lieux, chez tous les peuples, entreprendre sur les droits d'un citoyen, est un attentat qui intéresse la liberté et la dignité de tous les Romains.

151. Eh quoi ! Verrès, dans cette prison destinée aux étrangers, aux malfaiteurs, aux scélérats, aux brigands, aux ennemis de la patrie, vous avez osé renfermer un si grand nombre de citoyens romains ? Mais les tribunaux, mais ce concours immense d'un peuple irrité, qui dans ce moment lance sur vous des regards d'indignation et de fureur, votre souvenir ne vous en a donc jamais retracé l'image ? La majesté du peuple romain que vous outragiez en son absence, le spectacle effrayant de cette foule qui vous environne, ne se sont donc jamais offerts à votre pensée ? Vous comptiez donc ne reparaître jamais aux yeux de vos concitoyens, ne jamais rentrer dans le forum, ne retomber jamais sous le pouvoir des lois et des tribunaux ?

LVI. 152. Mais quelle manie le poussait à la cruauté ? quel motif lui faisait multiplier les crimes ? Citoyens, c'était de sa part un nouveau système de brigandage. Les poëtes nous ont parlé de nations barbares qui s'emparaient de quelques golfes, ou qui se postaient sur des promontoires et des rochers escarpés, afin de massacrer les navigateurs jetés sur leurs côtes ; ainsi qu'eux, Verrès, de toutes les parties de la Sicile, étendait ses regards sur toutes les mers. Arrivait-il un vaisseau de l'Asie, de la Syrie, de Tyr, d'Alexandrie, ou de quelque autre lieu, soudain il était saisi par ses agents. On conduisait tout l'équipage aux carrières ; on transportait les cargaisons dans le palais du préteur. La Sicile, après un long intervalle, voyait reparaître, non pas un autre Denys, non pas un autre Phalaris, non pas un des cruels tyrans qu'elle a produits en grand nombre, mais un monstre de la nature de ceux qui, dans les siècles antiques, ravagèrent cette malheureuse contrée. J'ose le dire, Charybde et Scylla firent moins de mal aux navigateurs que dans ce même détroit ne leur en a fait Verrès, d'autant plus redoutable qu'il s'était entouré d'une meute et plus nombreuse et plus dévorante. C'était un autre Cyclope plus terrible encore que le premier. Polyphème du moins n'occupait que l'Etna et le pays qui l'avoisine : Verrès dominait sur la Sicile entière.

153. Mais enfin de quel prétexte voilait-il cette abominable cruauté ? du même prétexte que tout à l'heure on alléguera dans sa défense. Tous ceux qui abordaient en Sicile avec quelques richesses,

niores, eos sertorianos milites esse atque a Dianio[1] fugere dicebat. Illi ad deprecandum periculum proferebant, alii purpuram tyriam, thus alii atque odores vestemque linteam, gemmas alii et margaritas, vina nonnulli græca venalesque Asiaticos ; ut intelligeretur ex mercibus, quibus ex locis navigarent. Non providerant, eas ipsas sibi causas esse periculi, quibus adjumentis se ad salutem uti arbitrabantur ; iste enim hæc eos ex piratarum societate adeptos esse dicebat ; ipsos in Latomias abduci imperabat ; naves eorum atque onera diligenter asservanda curabat.

LVII. 154. His institutis, quum completus jam mercatorum carcer esset, tum illa fiebant quæ L. Suetium, equitem romanum, lectissimum virum, dicere audistis, quæ ceteros audietis. Cervices in carcere frangebantur indignissime civium romanorum, ut jam illa vox, et illa imploratio : CIVIS ROMANUS SUM, quæ sæpe multis, in ultimis terris, opem inter barbaros et salutem tulit, ea mortem illis acerbiorem et supplicium maturius ferret. Quid est, Verres ? quid ad hæc cogitas respondere ? num mentiri me ? num fingere aliquid ? num augere crimen ? num quid horum dicere istis defensoribus tuis audes ? Cedo mihi, quæso, ex ipsius sinu litteras Syracusanorum, quas iste ad arbitrium suum confectas esse arbitratur ; cedo rationem carceris, quæ diligentissime conficitur, quo quisque die datus in custodiam, quo mortuus, quo necatus sit. LITTERÆ SYRACUSANORUM.

155. Videtis cives romanos gregatim conjectos in Latomias : videtis indignissimo in loco coacervatam multitudinem vestrorum civium. Quærite nunc vestigia, quibus exitus illorum ex illo loco compareant : nulla sunt. Omnesne mortui ? Si ita posset defendere, tamen fides huic defensioni non haberetur. Sed scriptum exstat in iisdem litteris, quod iste homo barbarus ac dissolutus neque attendere unquam, neque intelligere potuit : ἐδικαιώθησαν[2], inquit, ut Siculi loquuntur, hoc est, supplicio affecti ac necati sunt.

LVIII. 156. Si quis rex, si qua civitas exterarum gentium, si qua natio fecisset aliquid in civem romanum ejusmodi, nonne publice vindicaremus ? non bello persequeremur ? pos-

étaient, à l'entendre, des soldats de Sertorius qui fuyaient de Dianium. Pour détruire cette imposture, ils présentaient, les uns de la pourpre de Tyr, les autres de l'encens, des parfums, des étoffes de lin; d'autres, des perles et des pierres précieuses; quelques-uns des vins grecs et des esclaves d'Asie, afin que, par la nature de leurs marchandises, on pût juger de quels lieux ils arrivaient. Ils n'avaient pas prévu que ce qu'ils croyaient être la preuve de leur innocence, serait la cause de leur danger. Il disait que toutes ces richesses étaient le fruit de leur association avec les pirates; il les envoyait aux carrières, et faisait garder avec soin les vaisseaux et les cargaisons.

LVII. 154. Lorsque la prison se trouvait remplie de négociants, on employait, pour la vider, le moyen qui vous a été attesté par L. Suétius, un de nos chevaliers les plus respectables, et qui le sera de même par les autres témoins. Des citoyens romains étaient indignement étranglés dans la prison. En vain ils s'écriaient : JE SUIS CITOYEN ROMAIN; ce cri puissant que tant d'autres n'ont pas fait entendre vainement aux extrémités de la terre et chez les barbares, ne servait qu'à rendre et leur supplice plus prompt et leur mort plus cruelle. Eh bien! Verrès, quelle est la réponse que vous préparez? direz-vous que j'en impose? que j'invente? que j'exagère? est-ce là ce que vous voulez faire dire par vos défenseurs? Qu'on lise les registres des Syracusains, ces registres que lui-même a produits, et qu'il croit avoir été rédigés au gré de ses désirs; qu'on lise le journal de la prison, où sont constatées avec exactitude les dates de l'entrée, de la mort ou de l'exécution de chaque prisonnier. REGISTRE DES SYRACUSAINS.

155. Vous voyez des Romains jetés pêle-mêle dans les carrières; vous voyez vos concitoyens entassés dans ce séjour d'horreur. Cherchez à présent les traces de leur sortie : il n'en existe pas. Tous sont-ils morts de maladie? Quand Verrès pourrait le dire, on ne le croirait point. Mais dans ces mêmes registres, il y a un mot que cet homme ignorant et incapable d'attention n'a pu ni remarquer ni comprendre : ce mot est ἐδικαιώθησαν, locution sicilienne qui signifie : Ils ont été exécutés à mort.

LVIII. 156. Si quelque roi, si quelque cité ou quelque nation étrangère avait commis un pareil attentat contre un de nos citoyens, la république n'en tirerait-elle pas vengeance? ne prendrions-nous pas les armes? et pourrions-nous laisser impuni cet outrage fait au

semus hanc injuriam ignominiamque nominis romani inultam impunitamque dimittere? Quot bella majores nostros et quanta suscepisse arbitramini, quod cives romani injuria affecti, quod navicularii retenti, quod mercatores spoliati dicerentur? At ego retentos non queror; spoliatos ferendum puto: navibus, mancipiis, mercibus ademptis, in vincula conjectos esse mercatores, et in vinculis cives romanos necatos esse, arguo.

157. Si hæc apud Scythas dicerem, non hic in tanta multitudine civium romanorum, non apud senatores lectissimos civitatis, non in foro populi romani, de tot et tam acerbis suppliciis civium romanorum, tamen animos etiam barbarorum hominum permoverem. Tanta enim hujus imperii amplitudo, tanta nominis romani dignitas est apud omnes nationes, ut ista in nostros homines crudelitas nemini concessa videatur. Num ergo tibi ullam salutem, ullum perfugium putem, quum te implicatum severitate judicum, circumretitum frequentia populi romani esse videam?

158. Si mehercules (id quod fieri non posse intelligo), ex his laqueis te exueris, ac te aliqua via ac ratione explicaris; in illas tibi majores plagas incidendum est, in quibus te ab eodem me, superiore ex loco[1], confici et concidi necesse est. Cui si etiam id quod defendit, velim concedere; tamen illa ipsa defensio non minus esse ei perniciosa, quam mea vera accusatio debeat. Quid enim defendit? ex Hispania fugientes se excepisse et supplicio affecisse dicit. Quis tibi id permisit? quo id jure fecisti? quis idem fecit? qui tibi id facere licuit?

159. Forum plenum et basilicas istorum hominum videmus, et animo æquo videmus. Civilis enim dissensionis, et sive amentiæ, sive fati, seu calamitatis, non est iste molestus exitus, in quo reliquos saltem cives incolumes licet conservare. Verres ille, vetus proditor consulis, translator quæsturæ[2], aversor pecuniæ publicæ, tantum sibi auctoritatis in republica suscepit, ut, quibus hominibus per senatum, per populum romanum, per omnes magistratus, in foro, in suffragiis, in hac Urbe, in republica versari liceret, iis omnibus mortem acerbam crudelemque proponeret, si fortuna eos ad aliquam partem Siciliæ detulisset.

nom romain ? Combien de guerres entreprises par nos ancêtres pour venger des citoyens insultés, des navigateurs emprisonnés, des négociants dépouillés ! Je ne me plains pas de ce que ceux dont je parle ont été détenus ; je tolère qu'ils aient été dépouillés : mais ce que je dénonce, c'est qu'après s'être vu ravir leurs vaisseaux, leurs esclaves, leurs marchandises, des négociants aient été jetés dans les fers ; c'est que des Romains aient été mis à mort dans les prisons.

157. Si je parlais à des Scythes, et non pas ici, en présence de tant de citoyens, devant l'élite des sénateurs et dans le forum du peuple romain, le récit de ces affreux supplices, subis par des citoyens, pénétrerait d'horreur les âmes même de ces barbares. Telle est la majesté de notre empire, tel est le respect que toutes les nations portent au nom romain, qu'elles ne conçoivent pas que cet excès de cruauté puisse être permis à aucun mortel. Croirai-je donc, Verrès, qu'il vous reste un asile, un moyen de salut, quand je vous vois sous la main sévère de la justice, et de toutes parts enveloppé par le peuple qui assiste à cette audience ?

158. Si, ce que je crois impossible, vous parveniez par quelque moyen à vous dégager des liens de ce jugement, ce serait pour tomber dans un précipice encore plus profond, où vous resteriez accablé sous les traits inévitables que ma main vous lancerait d'un lieu plus élevé. Oui, juges, quand je voudrais admettre ses moyens de défense, sa propre justification ne lui ferait pas moins de mal que les griefs trop vrais que j'énonce contre lui. Que dit-il, en effet ? qu'il a saisi et envoyé au supplice ceux qui fuyaient d'Espagne. Qui vous l'a permis ? de quel droit l'avez vous fait ? d'après quel exemple ? d'après quelle autorité ?

159. Nous voyons le forum et les portiques qui l'entourent remplis de ces fugitifs ; et nous le voyons sans peine. Après de longues dissensions, déplorable effet ou de nos égarements, ou de la rigueur des destins, ou de la colère des dieux, on éprouve quelque satisfaction, lorsqu'en les terminant on peut conserver les citoyens qui ont échappé au fer des combats. Et ces hommes à qui le sénat, à qui le peuple romain, à qui tous les magistrats ont permis de reparaître dans le forum, de donner leurs suffrages, de résider à Rome, d'y jouir de tous les droits du citoyen ; Verrès, jadis traître à son consul, questeur transfuge, voleur des deniers publics, s'est arrogé le pouvoir de leur préparer une mort cruelle, si la fortune, les conduisait sur quelque rivage de la Sicile !

160. Ad Cn. Pompeium, clarissimum virum et fortissimum, permulti, occiso Perpenna[1], ex illo sertoriano numero militum confugerunt: quem non ille summo cum studio salvum incolumemque servavit? cui civi supplici non illa dextera invicta et fidem porrexit, et spem salutis ostendit? Itane vero? quibus fuit portus apud eum contra quem arma tulerant, iis apud te, cujus nullum in republica unquam monumentum fuit, mors et cruciatus erat constitutus? Vide quam commodam defensionem excogitaris.

LIX. 161. Malo, malo mehercule, id quod tu defendis his judicibus populoque romano, quam id quod ego insimulo, probari. Malo, inquam, te isti generi hominum, quam mercatoribus et naviculariis, inimicum atque infestum putari. Meum enim crimen avaritiæ te nimiæ coarguit: tua defensio furoris cujusdam et immanitatis, et inauditæ crudelitatis, et pæne novæ proscriptionis.

162. Sed non licet me isto tanto bono, judices, uti; non licet. Adsunt enim Puteoli toti: frequentissimi venerunt ad hoc judicium mercatores, homines locupletes atque honesti, qui partim socios suos, partim libertos ab isto spoliatos, in vincula conjectos, partim in vinculis necatos, partim securi percussos esse dicent. Hic vide, quam me sis usurus æquo. Quum ego P. Granium testem produxero, qui suos libertos a te securi percussos esse dicat, qui a te navem suam mercesque repetat, refellito, si poteris; meum testem deseram; tibi favebo; te, inquam, adjuvabo: ostendito illos cum Sertorio fuisse; a Dianio fugientes ad Siciliam esse delatos. Nihil est quod te malim probare: nullum enim facinus, quod majore supplicio dignum sit, reperiri neque proferri potest.

163. Reducam iterum equitem romanum, L. Flavium, si voles: quoniam priore actione, ut patroni tui dictitant, nova quadam sapientia, ut omnes intelligunt, conscientia tua atque auctoritate meorum testium, testem nullum interrogasti. Interrogetur Flavius, si voles, quinam fuerit L. Herennius, is quem ille argentariam Lepti fecisse dicit: qui, quum amplius centum cives romanos haberet ex conventu syracusano, qui eum non solum cognoscerent, sed etiam lacrimantes ac te implorantes defenderent, tamen a te, inspectantibus omnibus Syra-

160. Après la mort de Perpenna, plusieurs soldats de Sertorius implorèrent la clémence de Pompée. Cet illustre général ne mit-il pas le plus grand empressement à les sauver? A quel citoyen suppliant cette main victorieuse n'offrit-elle pas le gage et l'assurance de son salut? Eh bien! ils trouvaient un asile dans les bras du héros contre lequel ils avaient porté les armes : auprès de vous, Verrès, auprès de vous, homme sans courage et sans vertu, ils ne trouvaient que le supplice et la mort! Voyez combien votre défense est heureusement combinée.

LIX. 161. Certes j'aime mieux que les juges et le peuple romain s'en réfèrent à votre apologie qu'à mon accusation. Oui, j'aime mieux qu'ils voient en vous le bourreau de ces hommes que celui des négociants et des navigateurs. Mon accusation prouve chez vous une monstrueuse avarice : par votre défense, vous voilà convaincu de frénésie, de cruauté, d'une férocité inouïe, et, j'oserais dire, d'une nouvelle proscription.

162. Mais non, il ne m'est pas permis de profiter d'un tel avantage. Je vois ici toute la ville de Pouzzol : je vois une foule de négociants riches et honnêtes qui sont venus pour attester que leurs associés, que leurs affranchis, dépouillés, mis aux fers par Verrès, ont été les uns assassinés dans les prisons, les autres exécutés sur la place publique. Remarquez, Verrès, jusqu'où va ma modération. P. Granius, un de mes témoins, doit déposer que ses affranchis ont été frappés de la hache par votre ordre; il vous redemandera son vaisseau et ses marchandises : quand je l'aurai fait entendre, réfutez-le, si vous pouvez ; j'abandonnerai mon témoin, je vous seconderai, oui, je vous appuierai de tout mon pouvoir. Prouvez que ces hommes avaient été soldats de Sertorius, qu'ils ont été jetés sur les côtes de la Sicile, lorsqu'ils fuyaient de Dianium. Prouvez-le : c'est le plus ardent de mes vœux; car de tous les crimes qu'on peut imaginer, il n'en est pas qui mérite un plus grand supplice.

163. Je reproduirai L. Flavius, si vous le voulez; et puisque, dans la première action, soit prudence, comme le disent vos défenseurs, soit, comme tout le public le pense, impossibilité de répondre à des dépositions trop accablantes, vous n'avez interrogé aucun de mes témoins : demandez-lui quel était L. Hérennius, ce banquier de Leptis, qui, reconnu et avoué par plus de cent de nos Romains établis à Syracuse, a été, malgré leurs supplications et leurs larmes, frappé de la hache, en présence de tous les Syracusains. Réfutez ce

cusanis, securi percussus est. Hunc quoque testem meum refelli, et illum Herennium Sertorianum fuisse abs te demonstrari et probari volo.

LX. 164. Quid de illa multitudine dicemus eorum qui, capitibus involutis, in piratarum captivorumque numero producebantur, ut securi ferirentur? Quæ ista nova diligentia? quam ob causam abs te excogitata? An te L. Flavii ceterorumque de L. Herennio vociferatio commovebat? an M. Annii gravissimi atque honestissimi viri summa auctoritas paulo te diligentiorem timidioremque fecerat? qui nuper pro testimonio, non advenam nescio quem, nec alienum, sed eum civem romanum, qui omnibus in illo conventu notus, qui Syracusis natus esset, a te securi percussum esse dixit.

165. Post hanc illorum vociferationem, post hanc communem famam atque querimoniam, non mitior in supplicio, sed diligentior esse cœpit. Capitibus involutis cives romanos ad necem producere instituit : quos tamen idcirco necabat palam, quod homines in conventu (id quod antea diximus), nimium diligenter prædonum numerum requirebant. Hæccine plebi romanæ, te prætore, est constituta conditio? hæc negotii gerendi spes? hoc capitis vitæque discrimen? Parumne multa mercatoribus sunt necessario pericula subeunda fortunæ, nisi etiam hæ formidines a nostris magistratibus atque in nostris provinciis impendebunt? Ad eamne rem fuit hæc suburbana ac fidelis provincia Sicilia, plena optimorum sociorum honestissimorumque civium, quæ cives romanos omnes suis ipsa sedibus libentissime semper accepit, ut, qui usque ex ultima Syria atque Ægypto navigarent, qui apud barbaros propter togæ nomen in honore aliquo fuissent, qui ex prædonum insidiis, qui ex tempestatum periculis profugissent, in Sicilia securi ferirentur, quum se jam domum venisse arbitrarentur?

LXI. 166. Nam quid ego de P. Gavio, cosano [1] municipe, dicam, judices? aut qua vi vocis, qua gravitate verborum, quo dolore animi dicam? Tametsi dolor me non deficit, ut cetera mihi in dicendo, digna re, digna dolore meo suppetant, magis elaborandum est. Quod crimen ejusmodi est, ut, quum primum ad me delatum est, usurum me illo non putarem. Tametsi enim verissimum esse intelligebam, tamen credibile fore non arbi-

témoin, et prouvez, démontrez, c'est moi qui vous en conjure, que ce banquier de Leptis ne fut en effet qu'un soldat de Sertorius.

LX. 164. Que dirai-je de tant d'autres qui, la tête voilée, étaient conduits au supplice comme des pirates pris les armes à la main? Quelle était cette précaution nouvelle? et qui vous l'avait inspirée? Étiez-vous effrayé des cris de Flavius et des autres amis d'Hérennius? L'autorité du vertueux Annius vous avait-elle rendu plus attentif et plus réservé? Il déclare, sous la foi du serment, que la hache a frappé, non pas un étranger sans aveu, ni un ennemi de Rome, mais un citoyen connu de tous les Romains de ce pays, né dans la ville de Syracuse.

165. Ces réclamations, ces plaintes, ce cri de l'indignation générale, ne le rendirent pas plus humain : seulement il devint plus circonspect. De ce moment, les citoyens romains furent conduits à la mort, la tête voilée. S'il les faisait exécuter en public, c'est que les Syracusains comptaient avec trop d'exactitude les pirates qu'on livrait au supplice. Voilà donc le sort réservé au peuple romain, sous votre préture! voilà l'espoir qu'on offre à nos négociants! tels sont les dangers qui les attendent! Eh! n'ont-ils pas assez à craindre des coups de la fortune, sans qu'ils aient encore à redouter nos magistrats dans nos provinces? La Sicile, si voisine de Rome, si fidèle, peuplée de nos meilleurs alliés, de nos citoyens les plus honnêtes, qui nous accueillit toujours avec tant d'amitié, devait-elle être le théâtre de vos cruautés? et fallait-il que des négociants qui revenaient de l'Égypte et des extrémités de la Syrie, à qui le nom romain avait concilié le respect des barbares, qui avaient échappé aux embûches des pirates, aux fureurs des tempêtes, trouvassent la mort en Sicile, lorsqu'ils se croyaient déjà rentrés au sein de leur famille?

LXI. 166. Comment vous peindre le supplice de P. Gavius, de la ville municipale de Cosa? et comment donner assez de force à ma voix, assez d'énergie à mes expressions, assez d'explosion à ma douleur? Le sentiment de cette douleur n'est pas affaibli dans mon âme; mais où trouver des paroles qui retracent dignement l'atrocité de cette action et toute l'horreur qu'elle m'inspire? Le fait est tel que, lorsqu'il me fut dénoncé pour la première fois, je ne crus pas en pouvoir faire usage. Quoique bien convaincu de sa réalité, je

trabar. Coactus lacrimis omnium civium romanorum qui in Sicilia negotiantur, adductus Valentinorum, hominum honestissimorum, omniumque Rheginorum, multorumque equitum romanorum qui casu tum Messanæ fuerunt, testimoniis, dedi tantum priore actione testium, res ut nemini dubia esse posset.

167. Quid nunc agam? quum jam tot horas de uno genere ac de istius nefaria crudelitate dicam: quum prope omnem vim verborum ejusmodi quæ scelere istius digna sunt, aliis in rebus consumpserim, neque hoc providerim, ut varietate criminum vos attentos tenerem, quemadmodum de tanta re dicam? Opinor, unus modus, atque una ratio est. Rem in medio ponam: quæ tantum habet ipsa gravitatis, ut neque mea, quæ nulla est, neque cujusquam, ad inflammandos vestros animos eloquentia requiratur.

168. Gavius hic, quem dico, cosanus, quum illo in numero ab isto in vincula conjectus esset, et nescio qua ratione clam e Latomiis profugisset, Messanamque venisset, qui prope jam Italiam et mœnia Rheginorum videret, et ex illo metu mortis ac tenebris, quasi luce libertatis et odore aliquo legum recreatus, revixisset, loqui Messanæ cœpit, et queri se, civem romanum, in vincula esse conjectum, sibi recta iter esse Romam, Verri se præsto advenienti futurum.

LXII. 169. Non intelligebat miser nihil interesse, utrum hæc Messanæ, an apud ipsum in prætorio loqueretur. Nam, ut ante vos docui, hanc sibi iste urbem delegerat, quam haberet adjutricem scelerum, furtorum receptricem, flagitiorum omnium sociam. Itaque ad magistratum mamertinum statim deducitur Gavius: eoque ipso die casu Messanam venit Verres. Res ad eum defertur, esse civem romanum, qui se Syracusis in Latomiis fuisse quereretur; quem jam ingredientem navem, et Verri nimis atrociter minitantem, a se retractum esse et asservatum, ut ipse in eum statueret quod videretur.

170. Agit hominibus gratias, et eorum erga se benevolentiam diligentiamque collaudat. Ipse inflammatus scelere et furore, in forum venit. Ardebant oculi: toto ex ore crudelitas eminebat. Exspectabant omnes quo tandem progressurus aut quidnam acturus esset, quum repente hominem proripi, atque in foro medio nudari ac deligari et virgas expediri jubet. Cla-

pensais que jamais il ne paraîtrait croyable. Enfin, cédant aux larmes de tous les Romains qui font le commerce en Sicile, entraîné par le témoignage unanime des Valentiens, des habitants de Rhége et de plusieurs de nos chevaliers qui se trouvèrent alors dans Messine, j'ai fait entendre, dans la première action, un si grand nombre de témoins qu'il n'est plus resté de doute à qui que ce soit.

167. Que vais-je faire à présent? Bien des heures ont été employées à vous entretenir uniquement de l'horrible cruauté de Verrès; j'ai épuisé, pour ses autres crimes, toutes les expressions qui pourraient seules retracer le plus odieux de tous; et je ne me suis pas réservé les moyens de soutenir votre attention par la variété de mes plaintes. Le seul qui me reste, c'est d'exposer le fait; il est si atroce, qu'il n'est besoin ni de ma faible éloquence, ni du talent d'aucun autre orateur pour pénétrer vos âmes de la plus vive indignation.

168. Ce Gavius, dont je parle, avait été jeté dans les carrières, comme tant d'autres; il s'en évada, je ne sais par quel moyen, et vint à Messine. A la vue de l'Italie et des murs de Rhége, échappé des ténèbres et des terreurs de la mort, il se sentait renaître en commençant à respirer l'air pur des lois et de la liberté : mais il était encore à Messine; il parla, il se plaignit qu'on l'eût mis aux fers, quoique citoyen romain; il dit qu'il allait droit à Rome, et que Verrès l'y trouverait à son retour.

LXII. 169. L'infortuné ne savait pas que tenir ce langage à Messine, c'était comme s'il parlait au préteur lui-même, dans son palais. Je vous l'ai dit, Verrès avait fait de cette ville la complice de ses crimes, la dépositaire de ses vols, l'associée de toutes ses infamies. Aussi Gavius fut-il conduit aussitôt devant le magistrat. Le hasard voulut que ce jour-là Verrès lui-même vînt à Messine. On lui dit qu'un citoyen romain se plaignait d'avoir été enfermé dans les carrières de Syracuse; qu'on l'a saisi au moment où il s'embarquait, proférant d'horribles menaces contre lui, et qu'on l'a gardé pour qu'il décidât lui-même ce qu'il en voulait faire.

170. Verrès les remercie : il loue leur bienveillance et leur zèle; et aussitôt il se transporte au forum, ne respirant que le crime et la fureur. Ses yeux étincelaient : la cruauté était empreinte sur tout son visage. Chacun attendait à quel excès il se porterait, et ce qu'il oserait faire, lorsque tout à coup il ordonne qu'on amène Gavius, qu'on le dépouille, qu'on l'attache au poteau et qu'on apprête les verges.

mabat ille miser se civem esse romanum, municipem cosanum : meruisse se cum L. Pretio, splendidissimo equite romano, qui Panormi negotiaretur, ex quo hæc Verres scire posset. Tum iste se comperisse ait, eum speculandi causâ in Siciliam ab ducibus fugitivorum esse missum : cujus rei neque index, neque vestigium aliquod, neque suspicio cuiquam esset ulla. Deinde jubet undique hominem proripi vehementissimeque verberari.

171. Cædebatur virgis in medio foro Messanæ civis romanus, judices ; quum interea nullus gemitus, nulla vox alia istius miseri inter dolorem crepitumque plagarum audiebatur, nisi hæc : Civis romanus sum. Hac se commemoratione civitatis omnia verbera depulsurum, cruciatumque a corpore dejecturum arbitrabatur. Is non modo hoc non perfecit, ut virgarum vim deprecaretur ; sed, quum imploraret sæpius usurparetque nomen civitatis, crux, crux, inquam, infelici et ærumnoso, qui nunquam istam potestatem viderat, comparabatur.

LXIII. 172. O nomen dulce libertatis ! o jus eximium nostræ civitatis ! o lex Porcia, legesque Semproniæ [1] ! o graviter desiderata et aliquando reddita plebi romanæ tribunitia potestas [2] ! Huccine tandem omnia reciderunt, ut civis romanus in provincia populi romani, in oppido fœderatorum, ab eo, qui beneficio populi romani fasces et secures haberet, deligatus in foro, virgis cæderetur ? Quid ? quum ignes, ardentesque laminæ, ceterique cruciatus admovebantur, si te illius acerba imploratio et vox miserabilis non inhibebat, ne civium quidem romanorum, qui tum aderant, fletu et gemitu maximo commovebare ? In crucem tu agere ausus es quemquam qui se civem romanum esse diceret ? Nolui tam vehementer agere hoc prima actione, judices ; nolui. Vidistis enim ut animi multitudinis in istum dolore, et odio, et communis periculi metu concitarentur. Statui egomet mihi tum modum orationi meæ, et C. Numitorio, equiti romano, primo homini, testi meo ; et Glabrionem, id quod sapientissime fecit, facere lætatus sum, ut repente concilio in medio testem dimitteret. Etenim verebatur ne populus romanus ab isto eas pœnas vi repetisse videretur, quas veritus esset, ne iste legibus et vestro judicio non esset persoluturus.

Ce malheureux s'écriait qu'il était citoyen romain, habitant de la ville municipale de Cosa; qu'il avait servi avec L. Prétius, chevalier romain, actuellement à Palerme, et de qui Verrès pouvait savoir la vérité. Le préteur se dit bien informé que Gavius est un espion envoyé par les chefs des esclaves révoltés : cette imposture était entièrement dénuée de fondement, d'apparence et de prétexte. Ensuite il commande qu'il soit saisi et frappé par tous les licteurs à la fois.

171. Juges, un citoyen romain était battu de verges au milieu du forum de Messine; aucun gémissement n'échappa de sa bouche, et parmi tant de douleurs et de coups redoublés, on entendait seulement cette parole : JE SUIS CITOYEN ROMAIN. Il croyait par ce seul mot écarter tous les tourments et désarmer ses bourreaux. Mais non; pendant qu'il réclamait sans cesse ce titre saint et auguste, une croix, oui, une croix était préparée pour cet infortuné, qui n'avait jamais vu l'exemple d'un tel abus du pouvoir.

LXIII. 172. O doux nom de liberté! droits sacrés du citoyen! loi Porcia! loi Sempronia! puissance tribunitienne, si vivement regrettée, et enfin rendue aux vœux du peuple, vous viviez, hélas! et dans une province du peuple romain, dans une ville de nos alliés, un citoyen de Rome est attaché à l'infâme poteau; il est battu de verges par les ordres d'un homme à qui Rome a confié les faisceaux et les haches! Eh quoi! Verrès, lorsque vous mettiez en œuvre les feux, les lames ardentes, et toutes les horreurs de la torture, si votre oreille était fermée à ses cris déchirants, à ses accents douloureux, étiez-vous insensible aux pleurs et aux gémissements des Romains, témoins de son supplice? Oser attacher sur une croix un homme qui se disait citoyen romain! Je n'ai pas voulu dans la première action me livrer à ma juste indignation. Non, citoyens, je ne l'ai pas voulu : vous vîtes en effet à quel point la douleur, la haine et la crainte d'un péril commun soulevèrent contre lui les esprits de la multitude. Je modérai mes transports, je retins C. Numitorius, mon témoin, et j'approuvai la sagesse de Glabrion, qui ne lui permit pas d'achever sa déposition. Il craignait que le peuple romain, ne se fiant pas assez à la force des lois et à la sévérité de votre tribunal, ne voulût lui-même faire justice de ce barbare.

173. Nunc, quoniam jam exploratum est omnibus quo loco causa tua sit, et quid de te futurum sit, sic tecum agam. Gavium istum, quem repentinum speculatorem fuisse dicis, ostendam in Latomias Syracusis a te esse conjectum : neque id solum ex litteris ostendam Syracusanorum, ne possis dicere me, quia sit aliquis in litteris Gavius, hoc fingere et eligere nomen, ut hunc illum esse possim dicere ; sed secundum arbitrium tuum testes dabo, qui istum ipsum Syracusis abs te in Latomias conjectum esse dicant. Producam etiam Cosanos, municipes illius ac necessarios, qui te nunc sero doceant, judices non sero, illum P. Gavium, quem tu in crucem egisti, civem romanum et municipem cosanum, non speculatorem fugitivorum fuisse.

LXIV. 174. Quum hæc omnia quæ polliceor, cumulate tuis proximis [1] plana fecero, tum istuc ipsum tenebo, quod abs te mihi datur : eo contentum me esse dicam. Quid enim nuper tu ipse, quum populi romani clamore atque impetu perturbatus exsiluisti, quid, inquam, locutus es? Illum, quod moram supplicio quæreret, ideo clamitasse se esse civem romanum : sed speculatorem fuisse. Jam mei testes veri sunt. Quid enim dicit aliud C. Numitorius? quid M. et P. Cottii nobilissimi homines, ex agro taurominitano? quid Q. Lucceius, qui argentariam Rhegii maximam fecit? quid ceteri? Adhuc enim testes ex eo genere a me sunt dati, non qui novisse Gavium, sed qui se vidisse dicerent, quum is, qui se civem romanum esse clamaret, in crucem ageretur. Hoc tu, Verres, idem dicis; hoc tu confiteris illum clamitasse se civem esse romanum; apud te nomen civitatis ne tantum quidem valuisse, ut dubitationem aliquam, ut crudelissimi teterrimique supplicii aliquam parvam moram saltem posset afferre.

175. Hoc teneo, hic hæreo, judices; hoc sum contentus uno; omitto ac negligo cetera; sua confessione induatur ac juguletur necesse est. Qui esset ignorabas? speculatorem esse suspicabare? non quæro qua suspicione : tua te accuso oratione. Civem romanum se esse dicebat. Si tu apud Persas aut in extrema India deprehensus, Verres, ad supplicium ducerere, quid aliud clamitares, nisi te civem esse romanum? Et si tibi

173. Aujourd'hui que chacun voit quelle sera l'issue de la cause et quel sort vous attend, je n'userai plus de ces vains ménagements. Je ferai voir que ce Gavius, que vous avez transformé subitement en espion, a été jeté par votre ordre dans les carrières. Je le prouverai par les registres de la prison. Et ne dites pas que j'applique ici le nom d'un autre Gavius : je produirai des témoins, à votre choix, qui diront que c'est celui-là même qui, par votre ordre, a été renfermé dans les carrières. Je ferai entendre aussi les habitants de Cosa, ses concitoyens et ses parents, qui, trop tard pour lui, mais assez tôt pour les juges, prouveront que ce Gavius que vous avez fait expirer sur la croix était un citoyen romain, un habitant de Cosa, et non pas un espion des esclaves révoltés.

LXIV. 174. Après que cette accumulation de preuves, que je m'engage à produire, aura tout éclairci pour ceux qui sont assis près de vous, je vous confondrai vous-même par vos propres aveux, et je n'aurai pas besoin d'autres armes pour vous accabler. Car enfin, lorsque, troublé par les cris et le soulèvement du peuple, vous vous levâtes avec effroi, n'avez-vous pas dit qu'afin de retarder son supplice, cet homme avait crié qu'il était citoyen romain, mais que c'était un espion? Mes témoins sont donc vrais. Car n'est-ce pas là ce que dit C. Numitorius? ce que disent les deux Cottius, citoyens distingués de Tauromínium, Q. Lucceius, riche banquier de Rhége, et tous les autres ? En effet, les témoins que j'ai fait entendre déclarent, non pas qu'ils ont connu Gavius, mais qu'ils ont vu mettre en croix un homme qui criait : JE SUIS CITOYEN ROMAIN. Vous le dites vous-même ; vous avouez qu'il criait qu'il était citoyen romain, et que ce titre invoqué par lui n'a pas eu sur vous assez de pouvoir pour vous inspirer quelque doute et faire au moins retarder de quelques instants cette horrible exécution.

175. Juges, je m'en tiens à cet aveu ; je m'y attache ; il me suffit, je laisse et j'abandonne tout le reste ; sa réponse le condamne, et son propre témoignage est l'arrêt de sa mort. Vous ne le connaissiez pas! vous le soupçonniez d'être un espion ! je ne demande pas sur quel fondement ; je vous prends par vos propres paroles : il se disait citoyen romain. Mais vous-même, si vous vous trouviez chez les Perses, ou aux extrémités de l'Inde, près d'être conduit au supplice, quel cri feriez-vous entendre, si ce n'est : Je suis citoyen romain? Eh

ignoto apud ignotos, apud barbaros, apud homines in extremis atque ultimis gentibus positos, nobile et illustre apud omnes nomen tuæ civitatis profuisset; ille, quisquis erat, quem tu in crucem rapiebas, qui tibi esset ignotus, quum civem se romanum esse diceret, apud te prætorem si non effugium, ne moram quidem mortis mentione atque usurpatione civitatis assequi potuit?

LXV. 176. Homines tenues, obscuro loco nati, navigant: adeunt ad ea loca quæ nunquam antea viderunt: ubi neque noti esse iis, quo venerunt, neque semper cum cognitoribus esse possunt. Hac una tamen fiducia civitatis non modo apud nostros magistratus, qui et legum et existimationis periculo continentur, neque apud cives solum romanos qui et sermonis, et juris, et multarum rerum societate juncti sunt, fore se tutos arbitrantur; sed quocumque venerint, hanc sibi rem præsidio sperant futuram.

177. Tolle hanc spem, tolle hoc præsidium civibus romanis; constitue nihil esse opis in hac voce: CIVIS ROMANUS SUM; posse impune prætorem, aut alium quemlibet, supplicium, quod velit, in eum constituere qui se civem romanum esse dicat, quod quis ignoret: jam omnes provincias, jam omnia regna, jam omnes liberas civitates, jam omnem orbem terrarum, qui semper nostris hominibus maxime patuit, civibus romanis ista defensione præcluseris. Quid? si L. Pretium, equitem romanum, qui tum in Sicilia negotiabatur, nominabat, etiamne id magnum fuit, Panormum litteras mittere? asservasse hominem? custodiis Mamertinorum tuorum vinctum, clausum habuisse, dum Panormo Pretius veniret? cognosceret hominem, aliquid de summo supplicio remitteres: si ignoraret, tum, si ita tibi videretur, hoc juris in omnes constitueres, ut qui neque tibi notus esset, neque cognitorem locupletem daret, quamvis civis romanus esset, in crucem tolleretur.

LXVI. 178. Sed quid ego plura de Gavio? quasi tu Gavio tum fueris infestus, ac non nomini, generi, juri civium hostis, non illi, inquam, homini, sed causæ communi libertatis inimicus fuisti. Quid enim attinuit, quum Mamertini, more atque instituto suo, crucem fixissent post urbem in via Pompeia, te jubere in ea parte figere quæ ad fretum spectaret, et hoc

bien ! chez des peuples à qui vous seriez inconnu, chez des barbares, chez des hommes relégués aux bornes du monde, le nom de Rome, ce nom glorieux et sacré chez toutes les nations, vous sauverait la vie ; et cet inconnu, quel qu'il fût, que vous traîniez à la mort, s'est dit citoyen romain ; et ce titre qu'il invoquait n'a pu lui obtenir d'un préteur, sinon la vie, au moins le délai de sa mort !

LXV. 176. Des hommes sans fortune et sans nom traversent les mers. Ils abordent à des rivages qu'ils n'avaient jamais vus, où souvent ils ne connaissent personne, où souvent personne ne les connaît. Cependant, pleins de confiance dans le titre de citoyen, ils croient être en sûreté, non pas seulement devant nos magistrats qui sont contenus par la crainte des lois et de l'opinion publique, non-seulement auprès de nos citoyens unis avec eux par le même langage, par les mêmes droits, par une infinité d'autres rapports ; mais en quelque lieu qu'ils se trouvent, ils espèrent que ce titre sera partout le gage de leur inviolabilité.

177. Otez cette espérance à nos citoyens ; ôtez-leur cette garantie ; que ces mots : JE SUIS CITOYEN ROMAIN, soient sans force et sans pouvoir ; qu'un homme qui réclame ce titre puisse être envoyé à la mort par le préteur ou par tout autre magistrat, sous prétexte qu'il n'est pas connu : ne voyez-vous pas que dès lors vous fermez aux Romains toutes les provinces, tous les royaumes, toutes les républiques, toutes les parties de l'univers ? Puisqu'il nommait L. Prétius, chevalier romain qui commerçait alors en Sicile, en aurait-il coûté beaucoup d'envoyer une lettre à Palerme, de retenir Gavius, de le garder enchaîné dans les cachots de vos fidèles Mamertins, jusqu'à ce que Prétius fût arrivé de Palerme ? Si celui-ci l'avait connu, vous vous seriez un peu relâché de la rigueur du supplice ; sinon, par une nouvelle jurisprudence, vous auriez décidé que tout individu, fût-il citoyen, qui ne serait pas connu de vous, ou qui ne produirait pas un bon répondant, expirerait sur la croix.

LXVI. 178. Mais pourquoi parler plus longtemps de Gavius, comme si vous n'aviez été que l'ennemi du seul Gavius, et non l'ennemi du nom romain, de la nation entière et du droit des citoyens ? Ce n'était pas lui, c'était la liberté commune que vous vouliez immoler. En effet, lorsque les Mamertins, suivant leur usage, eurent dressé la croix derrière la ville, sur la voie Pompéia, pourquoi ordonner qu'elle fût transportée sur les bords du détroit ? Pourquoi

addere (quod negare nullo modo potes, quod omnibus audientibus dixisti palam), te idcirco illum locum deligere, ut ille, qui se civem romanum esse diceret, ex cruce Italiam cernere ac domum suam prospicere posset? Itaque illa crux sola, judices, post conditam Messanam illo in loco fixa est. Italiæ conspectus ad eam rem ab isto delectus est, ut ille, in dolore cruciatuque moriens, perangusto freto divisa servitutis ac libertatis jura cognosceret; Italia autem alumnum suum servitutis extremo summoque supplicio affixum videret.

179. Facinus est vinciri civem romanum : scelus, verberari ; prope parricidium, necari : quid dicam in crucem tollere? Verbo satis digno tam nefaria res appellari nullo modo potest. Non fuit his omnibus iste contentus. Spectet, inquit, patriam ; in conspectu legum libertatisque moriatur. Non tu hoc loco Gavium, non unum hominem, nescio quem, civem romanum, sed communem libertatis et civitatis causam in illum cruciatum et crucem egisti. Jam vero videte hominis audaciam. Nonne eum graviter tulisse arbitramini, quod illam civibus romanis crucem non posset in foro, non in comitio, non in rostris defigere? Quod enim his locis in provincia sua celebritate simillimum, regione proximum, potuit, elegit. Monumentum sceleris audaciæque suæ voluit esse in conspectu Italiæ, vestibulo Siciliæ, prætervectione omnium qui ultro citroque navigarent.

LXVII. 180. Si hæc non ad cives romanos, non ad aliquos amicos nostræ civitatis, non ad eos qui populi romani nomen audissent ; denique si non ad homines, verum ad bestias ; aut etiam, ut longius progrediar, si in aliqua desertissima solitudine ad saxa et ad scopulos hæc conqueri et deplorare vellem : tamen omnia muta atque inanima tanta et tam indigna rerum atrocitate commoverentur. Nunc vero quum loquar apud senatores populi romani, legum, judiciorumque et juris auctores, timere non debeo, ne non unus iste civis romanus illa cruce dignus, ceteri omnes simili periculo indignissimi judicentur.

181. Paulo ante, judices, lacrimas in morte misera atque indignissima navarchorum non tenebamus ; et recte ac merito sociorum innocentium miseria commovebamur. Quid nunc in nostro sanguine tandem facere debemus? Nam civium roma-

ajouter, ce que vous ne pouvez nier, ce que vous avez dit hautement devant tout un peuple, que vous choisissiez cet endroit, afin que cet homme qui se disait citoyen romain, pût, du haut de sa croix, apercevoir l'Italie et reconnaître sa maison? Aussi, depuis la fondation de Messine, nulle autre croix n'a été dressée dans ce lieu. Verrès a choisi l'aspect de l'Italie, afin que ce malheureux, expirant dans les douleurs, pût mesurer l'espace étroit qui séparait la liberté de la servitude, et que l'Italie pût voir un de ses enfants mourir dans le plus cruel des supplices réservés aux esclaves.

179. Enchaîner un citoyen romain est un crime; le battre de verges est un forfait; lui faire subir la mort, c'est presque un parricide; mais l'attacher à une croix! Les expressions manquent pour caractériser une action aussi exécrable! Ce n'était pas encore assez de tant de barbarie. Qu'il regarde sa patrie, qu'il meure à la vue des lois et de la liberté. Ah! je le répète: ce n'était point Gavius, ce n'était point un individu quelconque citoyen romain, c'étaient les droits communs de la liberté et de la cité qu'il condamnait à cet affreux supplice. Concevez toute l'audace de ce scélérat. Ne vous semble-t-il pas avoir regretté de ne pouvoir dresser cette croix pour tous les Romains, dans le forum, dans le comice, sur la tribune? Il a choisi du moins dans la province le lieu qu'il a pu trouver le plus semblable à Rome par l'affluence du peuple, et le plus rapproché de nous par sa position. Il a voulu que le monument de sa scélératesse et de son audace fût érigé à la vue de l'Italie, à l'entrée de la Sicile, sur le passage de tous ceux qui navigueraient dans le détroit.

LXVII. 180. Si je racontais ces attentats, non à des citoyens romains, à des amis de notre république, à des nations à qui le nom romain fût connu, non même à des hommes, mais aux monstres des forêts; et, pour dire encore plus, si dans le fond d'un désert mes plaintes et mes douleurs frappaient les pierres et les rochers, ces êtres muets et inanimés s'indigneraient de tant d'atrocités. Lorsque je parle devant des sénateurs romains, organes de la justice et garants de nos droits, puis-je douter que lui seul, parmi les citoyens, ne paraisse digne de cette croix sur laquelle on verrait avec horreur tout autre que lui?

181. Il y a quelques instants, au récit des supplices des capitaines et de leur mort indigne et déplorable, nous ne pouvions retenir nos larmes; et certes, l'innocence et le malheur de nos alliés nous pénétraient d'une juste douleur. Que devons-nous faire à présent qu'il s'agit de notre propre sang? car ce sang est le nôtre:

norum sanguis conjunctus existimandus est, quoniam id et salutis omnium ratio et veritas postulat. Omnes hoc loco cives romani, et qui adsunt, et qui ubicumque sunt, vestram severitatem desiderant, vestram fidem implorant, vestrum auxilium requirunt; omnia sua jura, commoda, auxilia, totam denique libertatem in vestris sententiis versari arbitrantur.

182. A me, tametsi satis habent, tamen si res aliter acciderit, plus habebunt fortasse quam postulant. Nam et si qua vis istum de vestra severitate eripuerit, id quod neque metuo, judices, neque ullo modo fieri posse video; sed si in hoc me ratio fefellerit, Siculi causam suam perisse querentur, et mecum pariter moleste ferent : populus quidem romanus brevi, quoniam mihi potestatem apud se agendi dedit [1], jus suum, me agente, suis suffragiis [2] ante kalendas februarias recuperabit. Ac, si de mea gloria et amplitudine quæritis, judices, non est alienum meis rationibus, istum mihi ex hoc judicio ereptum ad illud populi romani judicium reservari. Splendida est illa causa, probabilis mihi et facilis, populo grata atque jucunda. Denique, si videor hic, id quod ego non quæsivi, de uno isto voluisse crescere; isto absoluto, quod sine multorum scelere fieri non potest, de multis mihi crescere licebit.

LXVIII. 183. Sed mehercules, vestra reique publicæ causa, judices, nolo in hoc delecto consilio tantum flagitium esse commissum : nolo eos judices, quos ego probarim atque delegerim [3], sin in hac urbe notatos, isto absoluto, ambulare, ut non cera, sed cœno obliti esse videantur [4]. Quamobrem te quoque, Hortensi, si qui monendi locus est, ex hoc loco moneo : videas etiam atque etiam, et consideres, quid agas, quo progrediare, quem hominem et qua ratione defendas. Neque de illo quidquam tibi præfinio, quo minus ingenio mecum atque omni dicendi facultate contendas. Cetera, si qua putas te occultius extra judicium, quæ ad judicium pertinent, facere posse; si quid artificio, consilio, potentia, gratia, copiis istius moliri cogitas, magnopere censeo desistas; et illa quæ tentata jam et cœpta ab isto sunt, a me autem pervestigata et cognita, moneo ut exstinguas et longius progredi ne sinas. Magno tuo periculo peccabitur in hoc judicio, majore quam putas.

l'intérêt commun et la justice nous disent que nous avons tous été frappés dans la personne de Gavius. Oui, tous les Romains, présents, absents, en quelque lieu qu'ils soient, appellent votre sévérité, implorent votre justice, réclament votre secours; ils pensent que leurs droits, leurs priviléges, leur existence, leur liberté tout entière, dépendent du jugement que vous allez prononcer.

182. Je n'ai pas trahi leur cause: cependant, si le jugement trompe mon espérance, je ferai pour eux plus qu'ils ne demandent peut-être. Oui, si, ce que je ne crains pas, et ce qui me semble impossible, si quelque pouvoir arrache le coupable à votre justice, je pleurerai le sort des Siciliens, je m'affligerai avec eux de la perte de leur cause; mais puisque le peuple romain m'a donné le droit de monter à la tribune, il m'y verra paraître avant les kalendes de février. Là je parlerai, là je remettrai entre ses mains la vengeance de ses droits et de sa liberté. A ne considérer que l'intérêt de ma gloire et de mon avancement, il me sera peut-être avantageux que Verrès échappe à ce tribunal, pour retomber sous le jugement du peuple romain. Cette cause est honorable, elle est facile pour moi, elle intéresse le peuple entier. En un mot, si l'on me suppose l'intention, qui ne fut jamais la mienne, de m'illustrer par la perte de cet homme, son impunité, qui ne pourrait être que le crime de plusieurs, me donnera l'occasion de m'illustrer par la perte d'un grand nombre de prévaricateurs.

LXVIII. 183. Mais votre intérêt et celui de la république me sont trop chers, pour que je désire qu'un tribunal auguste soit souillé d'une tache aussi honteuse : non, je ne puis vouloir que des juges approuvés et choisis par moi se déshonorent en sauvant ce grand coupable, et se montrent dans Rome chargés de tant d'opprobre et d'infamie. Ainsi donc, Hortensius, s'il m'est permis de vous donner quelque conseil, prenez garde à toutes vos démarches. Considérez avec attention jusqu'où vous pouvez vous avancer, quel homme vous allez défendre, et de quelle manière vous le défendrez. Je ne prétends pas mettre des entraves à votre talent; vous pouvez me combattre avec tous les moyens de votre éloquence. Mais si vous croyez pouvoir suppléer par l'intrigue à la faiblesse de votre cause, si vous songez à triompher de nous par la ruse, par votre puissance et votre crédit, par les richesses de Verrès, renoncez à ce projet; gardez-vous de recourir à ces honteuses manœuvres qu'il a déjà essayées, mais que j'ai découvertes et qui me sont parfaitement connues. Toute prévarication dans ce jugement ne peut que vous exposer à de grands périls, à des périls plus grands que vous ne l'imaginez.

184. Quod enim te liberatum jam existimationis metu, defunctum honoribus, designatum consulem cogites, mihi crede, ornamenta ista et beneficia populi romani non minòre negotio retinentur, quam comparantur. Tulit hæc civitas, quoad potuit, quoad necesse fuit, regiam istam vestram dominationem[1] in judiciis et in omni republica; tulit : sed quo die populo romano tribuni plebis restituti sunt, omnia ista vobis (si forte nondum intelligitis) adempta atque erepta sunt. Omnium nunc oculi conjecti sunt, hoc ipso tempore, in unumquemque nostrum, qua fide ego accusem, qua religione hi judicent, qua tu ratione defendas.

185. De omnibus nobis, si quis tantulum de recta regione deflexerit, non illa tacita existimatio, quam antea contemnere solebatis, sed vehemens ac liberum populi romani judicium consequetur. Nulla tibi, Quinte, cum isto cognatio est, nulla necessitudo : quibus excusationibus antea nimium in aliquo judicio studium tuum defendere solebas, earum habere in hoc homine nullam potes. Quæ iste in provincia palam dictitabat, quum ea quæ faciebat, tua se fiducia facere dicebat, ea ne vera putentur, tibi maxime est providendum.

LXIX. 186. Ego mei jam rationem officii confido esse omnibus iniquissimis meis persolutam. Nam istum paucis horis primæ actionis omnium mortalium sententiis condemnavi. Reliquum judicium non jam de mea fide, quæ perspecta est; neque de istius vita, quæ damnata est; sed de judicibus, et, vere ut dicam, de te futurum est. At quo tempore futurum est ? nam id maxime providendum est : etenim quum omnibus in rebus, tum in republica, permagni momenti est ratio atque inclinatio temporum : nempe eo, quum populus romanus aliud genus hominum atque alium ordinem[2] ad res judicandas requirit; nempe ea lege de judiciis judicibusque novis promulgata, quam non is promulgavit, cujus nomine proscriptam videtis; sed hic reus : hic, inquam, sua spe, atque opinione quam de vobis habet, legem illam scribendam promulgandamque curavit.

187. Itaque quum primo agere cœpimus, lex non erat promulgata : quum iste, vestra severitate permotus, multa signa

184. Vous pensez n'avoir plus rien à redouter de l'opinion publique, parce que vous avez occupé les premières magistratures et que vous êtes désigné consul. Croyez-moi, ces honneurs et ces bienfaits du peuple romain, il ne faut pas moins de soin pour les conserver que pour les obtenir. Rome a souffert aussi longtemps qu'elle l'a pu et qu'elle y a été forcée par la nécessité, ce despotisme que vous et vos pareils avez exercé sur les tribunaux et sur toutes les parties du gouvernement. Elle l'a souffert : mais du jour où les tribuns du peuple ont été rétablis, toute votre puissance, si vous ne le comprenez pas encore, a été anéantie. Votre règne n'est plus ; et dans ce moment, les yeux de tous les citoyens, fixés sur chacun de nous, examinent avec une sévère attention l'accusateur, le défenseur, et les juges.

185. Si quelqu'un de nous s'écartait de son devoir, il n'aurait pas seulement à craindre cette opinion secrète dont vous n'avez jamais tenu compte; mais le jugement libre et sévère du peuple romain s'élèvera contre lui. Hortensius, nulle parenté, nul lien ne vous attache à Verrès, et vous ne pouvez ici alléguer aucune de ces excuses qui servaient à justifier l'excès de votre zèle en faveur de certains accusés. Il vous importe surtout de démentir ce que cet homme répétait publiquement dans sa province, qu'il agissait sans crainte parce qu'il était sûr de vous.

LXIX. 186. Pour moi, j'ose croire que, de l'aveu des hommes qui me sont le plus contraires, j'ai rempli mon devoir. Dès la première action, quelques heures ont suffi pour que Verrès fût généralement reconnu coupable. Il reste à prononcer, non pas sur ma probité, à laquelle tous rendent hommage, non pas sur la vie de Verrès, qui est condamnée, mais sur les juges, et, s'il faut dire la vérité, sur vous-même. Mais dans quel moment? En effet, en toutes choses, et surtout lorsqu'il s'agit des affaires publiques, il importe de considérer les temps et les circonstances. C'est au moment où le peuple romain demande pour les jugements une autre classe, un autre ordre de citoyens ; c'est au moment où des tribunaux et des juges nouveaux viennent d'être créés par une loi, qui est moins l'ouvrage du magistrat dont elle porte le nom, que celui de l'accusé, de Verrès lui-même. Oui, c'est lui qui, par ses espérances et et par l'opinion qu'il s'est formée de vous, en est le véritable auteur.

187. Aussi, lorsqu'on a commencé l'instruction du procès, la loi n'avait pas été présentée au peuple, tant que plusieurs indices ont

dederat, quamobrem responsurus non videretur, mentio de lege nulla fiebat. Posteaquam iste recreari et confirmari visus est, lex statim promulgata est : cui legi quum vestra dignitas vehementer adversetur, istius spes falsa et insignis impudentia maxime suffragatur. Hic si quid erit commissum a quoquam vestrum, quod reprehendatur, aut populus romanus judicabit de eo homine, quem jam antea judiciis indignum putavit; aut ii qui, propter offensionem judiciorum, de veteribus judicibus lege nova novi judices erunt constituti.

LXX. 188. Mihi porro, ut ego non dicam, quis omnium mortalium non intelligit, quam longe progredi sit necesse? Potero silere, Hortensi? potero dissimulare, quum tantum respublica vulnus acceperit, ut expilatæ provinciæ, vexati socii, dii immortales spoliati, cives romani cruciati et necati impune, me actore, esse videantur? potero hoc ego onus tantum, aut in hoc judicio deponere, aut diutius tacitus sustinere? non agitanda res erit? non in medium proferenda? non populi romani fides imploranda? non omnes, qui tanto se scelere obstrinxerint, ut aut fidem suam corrumpi paterentur, aut judicium corrumperent, in discrimen ac judicium vocandi?

189. Quæret aliquis fortasse : Tantumne igitur laborem, tantas inimicitias tot hominum suscepturus es? Non studio quidem hercule ullo, neque voluntate : sed non idem mihi licet, quod iis, qui nobili genere nati sunt; quibus omnia populi romani beneficia dormientibus deferuntur. Longe alia mihi lege in hac civitate et conditione vivendum est. Venit enim mihi in mentem M. Catonis [1], hominis sapientissimi, qui quum se virtute, non genere, populo romano commendari putaret, quum ipse sui generis initium ac nominis ab se gigni et propagari vellet, hominum potentissimorum suscepit inimicitias, et maximis in laboribus usque ad summam senectutem summa cum gloria vixit.

190. Postea Q. Pompeius [2] humili atque obscuro loco natus, nonne plurimis inimicitiis, maximisque suis periculis ac laboribus, amplissimos honores est adeptus? Modo C. Fimbriam [3],

annoncé que, redoutant la sévérité du tribunal, Verrès ne répondrait pas, il n'a point été question de cette loi. On l'a proposée aussitôt qu'on a vu renaître sa confiance et son audace. Elle est peut-être injurieuse à votre honneur; mais la folle espérance de Verrès et son impudence insigne l'ont rendue nécessaire. Si donc il se commet ici quelque prévarication, ou le peuple romain prononcera lui-même sur cet homme qu'il a déjà déclaré indigne d'être jugé par les tribunaux, ou la cause sera portée devant ces nouveaux juges, qu'une nouvelle loi aura constitués pour juger ceux qui ont perdu la confiance publique.

LXX. 188. Sans qu'il soit besoin de le dire, est-il un seul mortel qui ne sente à quelles extrémités il faudra que je me porte? Pourrai-je me taire, Hortensius? pourrai-je dissimuler, lorsque les provinces auront été pillées, les alliés opprimés, les dieux immortels dépouillés, les citoyens romains livrés au supplice et à la mort, sans que j'aie pu, en accusant l'auteur de tant de forfaits, venger ces horribles attentats contre la république? Pourrai-je me croire quitte de mon devoir, en souscrivant à ce jugement, ou tarder longtemps à porter mon appel devant d'autres juges? ne faudra-t-il pas reprendre cette affaire? la reproduire sous les yeux du public? implorer la justice du peuple romain? appeler en jugement les hommes assez vils pour s'être laissé corrompre, et les hommes assez pervers pour les avoir corrompus?

189. Eh quoi! me dira-t-on, vous voulez donc vous dévouer à tant de travaux et vous charger du fardeau de tant d'inimitiés? Certes, il n'est ni dans mon caractère, ni dans mon intention de les provoquer; mais je n'ai pas le droit de vivre comme ces nobles que tous les bienfaits du peuple romain viennent chercher dans le sommeil de leur oisiveté. Ma situation n'est pas la même, et ma conduite doit être différente. Caton est présent à ma pensée. Ce grand citoyen, tenant pour principe que c'est la vertu, et non la naissance, qui doit nous recommander au peuple romain, et voulant commencer lui-même sa noblesse et devoir à lui seul la perpétuité de son nom, brava les inimitiés des hommes les plus puissants. Sa vie entière fut une lutte; et son infatigable vieillesse fut comblée d'honneurs et de gloire.

190. Après lui, Q. Pompéius, d'une naissance obscure, ne s'est-il pas élevé aux plus éminentes dignités, à force de combattre des ennemis puissants, de supporter les travaux et de surmonter les dangers? Et de nos jours, c'est en luttant contre les haines, c'est en

C. Marium, C. Cœlium vidimus, non mediocribus inimicitiis ac laboribus contendere, ut ad istos honores pervenirent, ad quos vos per ludum et per negligentiam pervenistis. Hæc eadem est nostræ rationis regio et via : horum nos hominum sectam atque instituta persequimur.

LXXI. 191. Videmus quanta sit in invidia quantoque in odio apud quosdam homines nobiles novorum hominum virtus et industria ; si tantulum oculos dejecerimus, præsto esse insidias : si ullum locum aperuerimus suspicioni aut crimini, accipiendum esse statim vulnus : esse nobis semper vigilandum, semper laborandum videmus.

192. Inimicitiæ sunt? subeantur : labores? suscipiantur. Etenim tacitæ magis et occultæ inimicitiæ timendæ sunt, quam indictæ et apertæ. Hominum nobilium non fere quisquam nostræ industriæ favet : nullis nostris officiis benevolentiam illorum allicere possumus : quasi natura et genere disjuncti sint, ita dissident a nobis animo ac voluntate. Quare quid habent eorum inimicitiæ periculi, quorum animos jam antè habueris inimicos et invidos, quam ullas inimicitias susceperis?

193. Quamobrem mihi, judices, optandum est illud, in hoc reo finem accusandi facere [1], quum et populo romano satisfactum, et receptum officium Siculis, necessariis meis, erit persolutum. Deliberatum autem est, si res opinionem meam, quam de vobis habeo, fefellerit, non modo eos persequi, ad quos maxime culpa corrupti judicii, sed etiam illos, ad quos conscientiæ contagio pertinebit. Proinde si qui sunt, qui in hoc reo aut potentes, aut audaces, aut artifices ad corrumpendum judicium velint esse, ita sint parati, ut, disceptante populo romano, mecum sibi rem videant futuram : et, si me in hoc reo, quem mihi inimicum Siculi dederunt, satis vehementem, satis perseverantem, satis vigilantem esse cognorunt, existiment in his hominibus, quorum ego inimicitias, populi romani salutis causa, suscepero, multo graviorem atque acriorem futurum.

PERORATIO.

LXXII. 194. Nunc te, Jupiter Optime Maxime, cujus iste donum regale, dignum tuo pulcherrimo templo, dignum Capi-

brisant les résistances que Fimbria, que Marius, que Célius, sont parvenus à ces honneurs où vous avez été portés du sein de la mollesse et des plaisirs. Ces hommes célèbres m'ont tracé la route que je veux suivre, et ce sont là les modèles que je me fais gloire d'imiter.

LXXI. 191. Nous voyons à quel point la vertu et les efforts des hommes nouveaux excitent la jalousie et la haine de certains nobles. Pour peu que nous détournions les yeux, mille piéges sont tendus autour de nous; si nous donnons lieu au soupçon et au reproche, nous sommes frappés à l'instant même. Il nous faut toujours veiller, toujours être en action.

192. Eh bien! que les inimitiés, que les travaux ne nous effraient pas. Après tout, les inimitiés sourdes et cachées sont plus à craindre que les haines ouvertes et déclarées. A peine un seul de ces nobles est-il favorable à nos efforts : nous ne pouvons, par aucun service, gagner leur bienveillance; et, comme s'ils étaient d'une autre nature et d'une espèce différente, leurs sentiments et leurs volontés sont en opposition avec les nôtres. Pourquoi donc ménager des hommes qui, dans le fond de leur cœur, sont nos ennemis et nos envieux, avant même que nous leur ayons donné le droit de se plaindre de nous?

193. Aussi mon premier vœu, citoyens, est-il de pouvoir renoncer pour jamais aux fonctions d'accusateur, aussitôt que j'aurai satisfait au peuple romain, et rempli les engagements que l'amitié m'imposait envers les Siciliens. Mais si l'événement trompe l'opinion que j'ai de vous, j'y suis déterminé : je poursuivrai, non-seulement les juges qui se seront laissé corrompre, mais quiconque aura pris part à la corruption. Si donc il est des hommes qui veuillent employer aujourd'hui le crédit, l'audace ou l'intrigue pour corrompre les juges, qu'ils soient prêts à répondre devant le peuple romain, qui prononcera sur les coupables; et si je n'ai pas manqué d'ardeur, de fermeté, de persévérance contre cet accusé dont je ne suis l'ennemi que parce qu'il est l'ennemi des Siciliens, qu'ils s'attendent à trouver en moi bien plus de chaleur encore et d'énergie contre ceux dont j'aurai bravé la haine pour l'intérêt du peuple romain.

PÉRORAISON.

LXXII. 194. C'est vous maintenant que j'implore, ô souverain des immortels, Jupiter, que Verrès a frustré d'une offrande royale, digne du plus beau de tous vos temples, digne du Capitole, le chef-

tolio atque ista arce omnium nationum, dignum regio munere, tibi factum ab regibus, tibi dicatum atque promissum, per nefarium scelus de regiis manibus [1] extorsit; cujusque sanctissimum et pulcherrimum simulacrum Syracusis sustulit : teque, Juno regina, cujus duo fana duabus in insulis posita sociorum, Melitæ et Sami, sanctissima et antiquissima, simili scelere idem iste omnibus donis ornamentisque nudavit : teque, Minerva, quam iste duobus in clarissimis et religiosissimis templis item expilavit, Athenis, quum auri grande pondus; Syracusis, quum omnia, præter tectum et parietes, abstulit :

195. Teque, Latona, et Apollo, et Diana, quorum iste Deli non fanum, sed, ut hominum opinio et religio fert, sedem antiquam divinumque domicilium, nocturno latrocinio atque impetu compilavit : etiam te, Apollo, quem iste Chio sustulit : teque etiam atque etiam, Diana, quam Pergæ spoliavit; cujus simulacrum sanctissimum Segestæ, bis apud Segestanos consecratum, semel ipsorum religione, iterum P. Africani victoria, tollendum asportandumque curavit : teque, Mercuri, quem Verres in villa et in privata aliqua palæstra posuit, P. Africanus in urbe sociorum, et in gymnasio Tyndaritanorum, juventutis illorum custodem ac præsidem voluit esse :

196. Teque, Hercules, quem iste Agrigenti, nocte intempesta, servorum instructa et comparata manu, convellere ex suis sedibus atque auferre conatus est : teque, sanctissima mater Idæa, quam apud Enguinos augustissimo et religiosissimo in templo sic spoliatam reliquit, ut nunc nomen modo Africani et vestigia violatæ religionis maneant, monumenta victoriæ fanique ornamenta non exstent : vosque, omnium rerum forensium, consiliorum maximorum, legum judiciorumque arbitri et testes, celeberrimo in loco prætorii locati, Castor et Pollux [2], quorum e templo [3] quæstum sibi iste et prædam maximam improbissime comparavit : omnesque dii qui vehiculis thensarum solemnes cœtus ludorum initis, quorum iter iste ad suum quæstum, non ad religionum dignitatem, faciendum exigendumque curavit :

197. Teque, Ceres et Libera, quarum sacra, sicut opiniones hominum ac religiones ferunt, longe maximis atque occultissimis cærimoniis continentur; a quibus initia vitæ atque vic-

lieu des nations, inestimable don, préparé pour vous par des rois, et solennellement promis à vos autels, mais arraché des mains d'un roi par un attentat sacrilége; vous, dont il a enlevé de Syracuse la statue la plus belle et la plus révérée : et vous, Junon, reine des dieux, de qui deux temples antiques et vénérables, érigés dans deux villes de nos alliés, à Malte et à Samos, ont été, par un crime semblable, dépouillés de leurs offrandes et de tous leurs ornements : Minerve, qu'il a outragée par le pillage de vos temples, en prenant dans celui d'Athènes une quantité d'or immense, et ne laissant dans celui de Syracuse que le faîte et les murailles :

195. Latone, Apollon, Diane, dont Verrès, par une irruption nocturne, osa dépouiller à Délos, je ne dirai pas le temple, mais, suivant les opinions religieuses des peuples, la résidence antique, le domicile même de votre divinité : vous encore une fois, Apollon, dont il a ravi la statue à Chio : et vous, Diane qu'il a dépouillée à Perga, et dont il a fait enlever le divin simulacre qui vous fut deux fois dédié chez les Ségestains, d'abord par la piété des habitants, ensuite par la victoire du grand Scipion : et vous, Mercure, que Verrès a transporté dans une de ses campagnes et dans une palestre privée, et que Scipion avait placé dans une ville de nos alliés, dans le gymnase des Tyndaritains, pour protéger et surveiller les exercices de leur jeunesse :

196. Hercule, que ce brigand, au milieu de la nuit, à l'aide d'esclaves armés, essaya d'enlever d'Agrigente : mère des dieux, dont il a tellement dévasté le temple où les Enguiniens vous adoraient, qu'il n'y reste plus que le nom de Scipion et les traces des profanations, et que les monuments de la victoire et les ornements du temple en ont totalement disparu : et vous, arbitres et témoins des délibérations les plus importantes, des conseils publics, des lois et des jugements, vous, placés dans le lieu le plus fréquenté de Rome, Castor et Pollux, dont le temple a été l'objet des plus affreux brigandages : vous tous, dieux, qui, sur vos litières sacrées, venez donner le signal des jeux solennels, et dont la route, préparée pour cette marche religieuse, a été construite sous la direction de cet homme, aux dépens des citoyens et au profit de son avarice :

197. Cérès et Proserpine, dont le culte, selon la tradition des siècles, est enveloppé de mystères impénétrables; vous que l'on dit avoir enseigné aux nations les principes de la civilisation, les bien-

tus, legum, morum, mansuetudinis, humanitatis exempla hominibus et civitatibus data ac dispertita esse dicuntur; quarum sacra populus romanus, a Græcis adscita et accepta, tanta religione et publice et privatim tuetur, non ut ab aliis huc allata, sed ut ceteris hinc tradita esse videantur; quæ ab isto uno sic polluta et violata sunt, ut simulacrum Cereris unum, quod a viro non modo tangi, sed ne adspici quidem fas fuit, e sacrario Catinæ convellendum auferendumque curaverit; alterum autem Ennæ ex sua sede ac domo sustulerit, quod erat tale, ut homines, quum viderent, aut ipsam videre se Cererem, aut effigiem Cereris, non humana manu factam, sed cœlo delapsam, arbitrarentur :

198. Vos etiam atque etiam imploro et appello, sanctissimæ deæ quæ illos Ennenses lacus lucosque colitis, cunctæque Siciliæ, quæ mihi defendenda tradita est, præsidetis; a quibus inventis frugibus, et in orbem terrarum distributis, omnes gentes ac nationes vestri religione numinis continentur : ceteros item deos deasque omnes imploro atque obtestor, quorum templis et religionibus iste, nefario quodam furore et audacia instinctus, bellum sacrilegum semper impiumque habuit indictum [1] : ut, si in hoc reo, atque in hac causa, omnia mea consilia ad salutem sociorum, dignitatem populi romani, fidem meam [2] spectaverunt, si nullam ad rem, nisi ad officium et veritatem, omnes meæ curæ, vigiliæ cogitationesque elaborarunt, quæ mea mens in suscipienda causa fuit, fides in agenda, eadem vestra in judicanda sit : denique uti C. Verrem, si ejus omnia sunt inaudita et singularia facinora sceleris, audaciæ, perfidiæ, libidinis, avaritiæ, crudelitatis, dignus exitus ejusmodi vita atque factis vestro judicio consequatur; utque respublica, meaque fides una hac accusatione mea contenta sit, mihique posthac bonos potius defendere liceat, quam improbos accusare necesse sit.

---

faits de l'agriculture, les lois, les mœurs et les sentiments de la douce humanité; vous, dont les sacrifices transmis par les Grecs au peuple romain sont célébrés à Rome, par l'état et par toutes les familles, avec une telle piété, qu'ils semblent avoir été institués chez nous et communiqués par nous aux autres nations; vous que le seul Verrès a tellement outragées et profanées qu'il a fait arracher du sanctuaire une statue qu'aucun homme ne pouvait toucher ni même regarder sans crime, et enlever d'Enna une autre statue d'une beauté si parfaite, qu'en la voyant, on croyait voir Cérès elle-même, ou l'image de la déesse descendue du ciel, et non pas travaillée par la main d'un mortel :

198. Je vous atteste et vous implore, vous surtout, déesses vénérables, qui habitez les fontaines et les bois d'Enna, qui présidez à toute la Sicile, dont la défense m'a été confiée; vous qui, pour avoir découvert et distribué par tout l'univers les plus utiles productions de la terre, avez mérité les hommages religieux de toutes les nations : vous tous enfin, dieux et déesses, que j'atteste et que j'implore aussi, vous à qui son audace et sa fureur ont toujours déclaré une guerre impie et sacrilége : si, en appelant sur cet accusé la sévérité des lois, je n'ai considéré que le salut des alliés, la dignité du peuple romain, mon devoir; si tous mes soins, si toutes mes veilles et toutes mes pensées n'ont eu pour objet que la justice et la vérité, faites que les juges, en prononçant l'arrêt, soient animés du même sentiment d'honneur et de probité qui m'inspirait moi-même lorsque j'ai entrepris et défendu cette cause : et vous, juges, si la scélératesse, l'audace, la perfidie, la débauche, l'avarice, la cruauté de Verrès, sont des crimes sans exemple, que votre arrêt lui fasse subir le sort que mérite une vie souillée de tant de forfaits : que la république et ma conscience ne m'imposent plus un devoir aussi rigoureux, et qu'il me soit permis désormais de défendre les bons citoyens, sans être réduit à la nécessité d'accuser les méchants.

NOTES.

Page 6 : 1. *De Suppliciis.* Ce discours forme le dernier livre de la *seconde action*, qui contenait cinq livres d'accusations sous le titre de *Prætura urbana*, *Siciliensis*, *de re Frumentaria*, *de Signis*, *de Suppliciis.* Il est divisé en quatre parties : 1° la conduite de Verrès au sujet de la guerre des esclaves ; 2° ses déprédations à l'occasion de la guerre des pirates ; 3° sa cruauté envers les capitaines de vaisseau siciliens ; 4° sa cruauté envers les citoyens romains. La péroraison est une apostrophe pathétique aux divinités dont les temples ont été dépouillés par Verrès.

— 2. *Pro suo jure contendet.* Quelques interprètes ont cru devoir expliquer ce passage, *par le droit que lui donne la bonté de sa cause*, *pro jure quod ei dat causæ suæ, ut sibi fingit, bonitas;* mais nous remarquerons plus bas *meo jure contendam*, pris dans la même acception, et en rapprochant ces deux expressions, on doit leur assigner le sens que nous avons donné avec les meilleures autorités : *réclamer comme un droit*, *prendre droit d'exiger*, etc.

— 3. *M'. Aquillii. Manius Aquillius*, consul l'an 101 av. J. C., étouffa la révolte des esclaves en Sicile ; il fut ensuite envoyé en Asie, où il trouva la mort. Il avait été accusé de concussion et défendu par l'orateur Marcus Antonius, qui le sauva en découvrant au milieu de sa plaidoirie les cicatrices des blessures qu'il avait reçues au service de la patrie.

Page 8 : 1. *Certa lege.* La loi sur les concussions.

— 2. *At fuit in Italia.* Il s'agit ici de la guerre contre Spartacus, qui fut vaincu par Crassus l'an de Rome 681. Spartacus, après avoir battu le préteur Claudius, les deux consuls Gellius et Lentulus (72 av. J. C.), compta un moment soixante-dix mille hommes dans son armée, et n'inspira pas moins de crainte aux Romains qu'Annibal lui-même. Il avait eu le dessein de quitter l'Italie, où il reconnaissait l'impossibilité de lutter contre la république ; mais, forcé par les barbares indisciplinés qu'il commandait de se porter de nouveau sur Rome, il fut refoulé dans le Brutium et vaincu à la bataille de Silare (71 av. J. C.), où il perdit la vie. Pompée, revenant d'Espagne, rencontra quatre à cinq mille esclaves échappés au carnage et les tailla en pièces. On peut être étonné que Cicéron profite de cette circonstance pour lui faire partager la gloire de Crassus. L'histoire a fait justice de cette vaine prétention de Pompée, que Cicéron flattait en haine du véritable vainqueur.

— 3. *Cn. Pompeio.* Voyez la note ci-dessus.

Page 10 : 1. *Peloridem*. Le cap Pélore, au N. E. de la Sicile, aujourd'hui *capo di Faro*.

Page 14 : 1. *More majorum*. Le patient était dépouillé de ses vêtements ; sa tête était prise dans les branches d'une fourche, et il était frappé de verges jusqu'à ce que la mort s'ensuivît. *Ad supplicium tradebatur cujus nudi cervix inserebatur furcæ, et corpus virgis ad necem cædebatur.* — SUET. *in Nerone*, cap. XLIX.

Page 16 : 1. *Fecisse videri*. Formule de condamnation. Lorsque les juges condamnaient un accusé, ils disaient : *Fecisse videtur*, évitant ainsi le ton affirmatif. La formule prescrite pour les dépositions des témoins était énoncée avec la même circonspection. *On me fait haïr les choses évidentes quand on me les plante comme infaillibles*, a dit Montaigne; *j'aime ces mots qui adoucissent la témérité de nos expressions : il me semble, par aventure, il pourrait être.*

— 2. *Magnæ pecuniæ*. La virgule doit être placée après *pecuniæ*, et l'expression *magnæ pecuniæ* se rapporte à *Eumenidas*. Quelques commentateurs ont cru à tort qu'elle se rapportait à *villicus*.

— 3. *H-S. LX*. Soixante mille sesterces. Le sesterce valait deux as et demi, le quart du denier. Or, le denier était égal à la drachme attique, qui elle-même valait dix-huit sous de notre monnaie. Le sesterce peut donc s'évaluer quatre sous et demi ; mais on l'évalue, en général, approximativement à 0 fr. 20 cent. Soixante mille sesterces font, à ce compte, 12,000 francs.

— 4. *Frequentiaque conventus*. Ce dernier mot désigne souvent les citoyens romains établis dans une ville de province.

Page 18 : 1. *Nominibus*. Nom du créancier ou du débiteur, titre d'une dette, et de là : argent prêté, créance ; *nomina facere*, prêter de l'argent, céder quelque chose contre un billet; *nomen scribere*, s'inscrire comme débiteur, etc. ; *nomen* est souvent pris pour *æs alienum*, parce que les débiteurs inscrivaient leur nom sur le registre du banquier, *argentarius*.

— 2. *Meo jure*. Voyez pag. 6, note 2.

Page 26 : 1. *Parentis*. Il faut remarquer ici le sens de *parentis*, rapproché de *patri*. — *Parens* est ici celui qui a donné l'être ; c'est le père selon la nature. — *Pater*, c'est le père selon la société et la loi. *Quand la nature lui inspirait l'aversion des vices paternels, l'habitude et l'exemple le forçaient de ressembler à son père* (au chef et au maître de la famille).

Page 28 : 1. *Iste Annibal*. Ici l'orateur fait allusion à ce mot qu'on prête à Annibal : *Hostem qui feriet mihi erit Carthaginiensis, quisquis erit.*

— 2. *Æra illa vetera*. Tout ce passage n'est qu'une longue métaphore tirée de l'art militaire, et dont se sert Cicéron pour rappeler d'une manière piquante les débauches de Verrès. On retrouvera plus tard

dans ce discours l'emploi de cette même figure, lorsque l'orateur fera allusion aux intrigues du préteur et de l'épouse de Cléomène.

— 3. *Abduci, non ut ipse prædicat, perduci solebat.* L'orateur joue sur les mots *perduci* et *abduci*. Les jeunes gens des premières familles qui venaient de prendre la robe virile étaient conduits au forum pour écouter les orateurs et se former à leur école; c'est ce qui est rendu par *perduci*. *Abduci* signifie être emmené du forum, où se promenaient les oisifs, pour se rendre dans des lieux infâmes.

— 4. *Ære dirutus est.* Par suite de la métaphore dont nous avons parlé ci-dessus (pag. 28, note 2), Cicéron compare Verrès ruiné dans une maison de jeu, *quoiqu'il fût*, dit-il plaisamment, *toujours dans les rangs*, à un soldat privé de sa paie, malgré son exactitude dans le service.

Page 30 : 1. *Prætoris urbani.* La préture fut un démembrement du consulat imaginé en 336 av. J. C., lorsque les plébéiens purent être consuls. Il y avait toujours à Rome deux préteurs : le premier, *prætor urbanus*, jugeait les affaires des citoyens ; le second, *prætor peregrinus*, celles des étrangers. La préture était annuelle; c'était la seconde des trois grandes dignités annuelles ordinaires. Ce magistrat siégeait au forum en chaise curule.

— 2. *Paludatus.* Lorsqu'un général vêtu de l'habit militaire était sorti de Rome après avoir consulté les auspices pour aller prendre possession de son commandement, les lois défendaient qu'il y rentrât, sous aucun prétexte, avant d'avoir rempli sa mission; autrement, il était censé compromettre la sûreté publique.

— 3. *Nunc sum designatus ædilis.* Les édiles étaient des magistrats ainsi nommés du mot *ædes*, édifice, parce qu'un des principaux devoirs de leur charge était d'avoir soin des édifices. On en distinguait de deux sortes : les édiles curules, ou patriciens, et les édiles plébéiens. Cicéron venait d'être nommé édile curule, et le récit de tant de crimes commis par un préteur lui donne occasion de manifester les sentiments dont il est pénétré, et de montrer qu'il connaît toute l'importance des fonctions qui lui sont confiées.

— 4. *Antiquiorem ...... locum.* Dans les délibérations du sénat, on prenait d'abord la voix des grands magistrats en exercice ou désignés pour l'année suivante; ensuite on suivait le rang et la dignité des sénateurs, en commençant par les consulaires, les anciens préteurs ou édiles. Quant à ceux qui n'avaient pas exercé les magistratures curules, on suivait l'âge.

— 5. *Jus imaginis prodendæ.* Les édiles patriciens avaient la chaise curule, le laticlave, le titre de sénateur et le droit d'images. La *chaise curule* était d'ivoire, à pieds recourbés ; on y montait à l'aide d'un marche-pied; les grands magistrats avaient le droit de s'en servir chez eux et partout où il leur plaisait de la faire porter. Le *laticlave* était la prétexte, avec une large bande de pourpre pour les

sénateurs. La robe des chevaliers, dont la bande de pourpre était moins large, était dite *angusticlave*. Le *droit d'images* était le privilége qu'avaient les citoyens qui avaient exercé les grandes magistratures de faire faire leur buste en cire. Ces bustes se transmettaient aux descendants; c'étaient leurs titres de noblesse.

Page 32 : 1. *Seniorum juniorumque centuriis*. Servius Tullius avait distribué le peuple en six classes, divisées en cent quatre-vingt-treize centuries. Chaque centurie formait deux sections. Dans la seconde étaient les jeunes gens de dix-sept à quarante ans. Les sexagénaires n'avaient plus droit de suffrage. A mesure que chaque centurie avait donné son vote, un héraut proclamait le résultat du scrutin, jusqu'à ce que quatre-vingt-dix-sept centuries fussent réunies pour le même avis; alors la majorité était acquise.

— 2. *Temsanum incommodum*. L'orateur fait allusion ici à quelques restes de l'armée de Spartacus qui s'étaient réfugiés à Temsa, ville du Brutium.

Page 36 : 1. *Qui licuerit ædificare navem senatori?* L'an de Rome 535, le tribun Q. Claudius interdit à tout sénateur d'exercer aucun négoce. En conséquence, ils ne pouvaient avoir en mer une barque qui contînt plus de trois cents amphores (huit tonneaux) pour le transport de leurs récoltes; toute spéculation mercantile paraissait au-dessous de leur dignité.

Page 40 : 1. *In manibus fecialium*. Le collége des féciaux avait été institué par Numa. Ils étaient au nombre de vingt, choisis dans les premières familles. On les consultait sur le droit de la guerre et de la paix. Ils préparaient les traités; ils faisaient les déclarations de guerre.

Page 42 : 1. *Terentia et Cassia*. Cette loi fut portée par les consuls Terentius Lucullus et Caïus Cassius, an de Rome 680. Elle ordonna d'acheter un second dixième des blés.

— 2. *Ex eo genere*, etc. L'orateur fait allusion aux fournitures de blé que la Sicile faisait aux Romains à divers titres. On appelait *frumentum gratuitum* l'impôt en nature (quelques villes étaient exemptes de cette redevance); *frumentum emptum*, le blé que toutes les villes sans exception étaient tenues de livrer aux Romains à un prix fixé par eux.

— 3. *Lege Hieronica*. La loi d'Hiéron, qui survécut longtemps à ce prince, réglait ce que devaient payer les fermiers des terres de la république, et présentait le tarif des sommes dont les receveurs étaient comptables envers l'État. Lors de la réduction de la Sicile en province romaine, en 540, les dispositions de cette loi furent entièrement maintenues.

Page 48 : 1. *Illorum auxiliis*. Avant la guerre sociale, les Latins étaient obligés de fournir et d'entretenir autant de légions que les Romains en avaient enrôlé, et de plus le double de la cavalerie; mais de-

puis cette époque ils cessèrent d'être réputés alliés, et furent compris dans le cens comme tous les autres citoyens ; seulement, au lieu de les répandre dans les trente-cinq tribus, où leur nombre eût déterminé la majorité en faveur du parti populaire qui les avait fait admettre, ils composèrent huit tribus à la suite, qui votaient les dernières.

Page 50 : 1. *P. Servilius unus cepit.* P. Servilius, surnommé *Isauricus* pour s'être emparé d'Isaure, principale retraite des pirates, les battit en plusieurs rencontres ; mais ils ne furent détruits complétement que par Pompée. Ces pirates étaient généralement composés des débris de la flotte de Mithridate.

Page 54 : 1. *Centuripinos, homines maxime mediterraneos.* Situés au milieu de la Sicile, loin de la mer. — Opposé à *homines maritimi*, que nous avons vu plus haut en parlant des Syracusains.

— 2. *Unum Apronium.* Apronius, un des principaux agents de Verrès.

— 3. *Ex Hispania.* Sertorius avait rassemblé en Espagne les débris du parti de Marius. Il y déploya le plus noble caractère et de grands talents militaires ; il défit les plus célèbres généraux ; enfin, il fut assassiné, au milieu de ses succès, par Perpenna, qui ne put lui succéder. Sa mort fut le signal de la ruine de son parti ; ses soldats se dispersèrent dans les différentes provinces de la république.

Page 60 : 1. *Est locus certus*, etc. Allusion au tribunal chargé de connaître des crimes de lèse-majesté.

Page 62 : 1. *Ubi ternis denariis æstimatum frumentum?* L'usage autorisait Verrès à percevoir en argent, à raison de quatre sesterces ou un denier la mesure, le blé que la province lui devait fournir pour l'entretien de sa maison. Verrès exigeait trois deniers, le triple de ce qui lui était dû. C'était à peu près 2 francs 70 centimes, au lieu de 90 centimes.

Page 66 : 1. *Stetit soleatus prætor populi romani*, etc. Cette phrase si remarquable, dont l'harmonie seule peint la mollesse de Verrès, a excité l'admiration de Quintilien. Voici la phrase du judicieux critique : *An quisquam tam procul a concipiendis imaginibus rerum abest ut, quum illa in Verrem legit non solum ipsum os intueri videatur et locum, et habitum, sed quædam etiam quæ dicta non sunt sibi adstruat? Ego certe mihi cernere videor et vultum et oculos et deformes utriusque blanditias, et eorum, qui aderant, tacitam aversationem ac timidam verecundiam.* QUINT., VIII, c. III.

Page 70 : 1. *Lampsaceni periculi.* Verrès, lieutenant de Dolabella en Cilicie, avait voulu enlever la fille de Philodamus, son hôte. Les habitants de Lampsaque, indignés, se soulevèrent. Déjà ils se disposaient à brûler Verrès dans sa maison, lorsque quelques chevaliers romains parvinrent à calmer leur fureur. Quelque temps après,

Verrès fit condamner par un tribunal, où lui-même faisait fonctions de juge, Philodamus et son fils à avoir la tête tranchée.

— 2. *De Adriano*. Adrien fut préteur en Afrique, l'an de Rome 669. Les habitants, pour se venger de ses vexations, le brûlèrent dans sa maison.

Page 72 : 1. *In ipso portu*, etc. La dix-neuvième année de la guerre du Péloponèse, Nicias, général athénien, fut vaincu dans le port de Syracuse ; la flotte fut entièrement détruite. Athènes ne se releva jamais de cette défaite. Nicias, effrayé par une éclipse de lune, n'avait pas osé faire sortir sa flotte du port.

Page 84 : 1. *Humanum*. C'est dans ce sens que Térence, dans *les Adelphes*, III, IV, 25, fait dire à Hégion, pour excuser la violence qu'Eschine a exercée sur une fille libre :

Persuasit nox, amor, vinum, adolescentia :
Humanum est.

C'est-à-dire : *Hoc in humanitatem*, ou *in hominem cadit*. On lit, de même, dans Tacite : *Humanum est eos odisse quos læseris.*

Page 86 : 1. *Sestius*. Cicéron, dit la Harpe, en faisant mention d'un Sestius, d'un geôlier, a voulu montrer que le caractère des chefs devient celui des subalternes, et que le contact avec la tyrannie déprave jusqu'aux bourreaux.

Page 88 : 1. *A parentibus suscepti*. Allusion à un usage fort ancien chez les Romains. L'enfant nouveau-né était déposé à terre ; ensuite son père le relevait, afin de montrer par là qu'il voulait s'en charger et l'élever. De là les expressions : *Suscipere liberos, sobolem*, etc.

Page 90 : 1. *Segestanorum cognatio*. Énée, disait-on, avait fondé Ségeste en passant en Sicile, avant son arrivée en Italie. *Énéid.*, V, 711 à 762.

Page 92 : 1. *Quo nomine judicium hoc appellatur*. C'est-à-dire *de pecuniis repetundis*, tribunal devant lequel étaient poursuivis les concussionnaires.

— 2. *Si per L. Metellum*, etc. L. Métellus avait succédé à Verrès en Sicile, et il s'opposait au départ des témoins qui voulaient se rendre à Rome pour déposer contre l'ancien préteur.

Page 102 : 1. *Servo venerio*. Esclaves publics attachés au temple de Vénus Érycine. Les préteurs se servaient d'eux pour leurs messages.

— 2. *Sponsionem...... in furtis*, etc. *Sponsio*, dans le sens absolu du mot, se dit de la stipulation judiciaire en usage entre les parties. C'était une gageure que faisaient les plaideurs sur l'issue douteuse de leurs procès. De là les expressions : *sponsione contendere, lacessere ; vincere sponsionem*. *Sponsio* s'est dit ensuite de toutes les gageures ordinaires. *In furtis*, etc., était la formule employée dans ces paris.

Le licteur prétendait que Servilius avait dit que Verrès s'enrichissait par des vols, *furtis quæstum facere*. S'il ne prouvait pas son accusation, il perdait deux mille sesterces. Servilius s'engageait sous la même peine à prouver le contraire.

— 3. *Recuperatores*. Commissaires délégués pour juger les contestations entre particuliers.

— 4. *Proximus lictor*. A Rome, le préteur n'avait que deux licteurs; en province, six. Ces licteurs marchaient un à un devant le magistrat. On appelait *proximus* celui qui le précédait immédiatement.

— 5. *Quæ vocantur Latomiæ*. Latomies vient de deux mots grecs, λᾶς, pierre, et de τέμνω ou plutôt τέτομα, parf. second de τέμνω, couper. Cette prison, construite par Denys l'ancien, tyran de Syracuse, était taillée dans le roc.

Page 106 : 1. *Dianio*. Dianium ou plutôt *Dénia*, ville d'Espagne dans la Tarraconaise, chez les *Contestani*, sur la mer, près d'un cap du même nom. C'était une colonie de Marseille, célèbre dans la guerre de Sertorius; son nom lui venait d'un temple de Diane, qui y était adorée.

— 2. Ἐδικώθησαν (de δικόω peu usité). Littéralement, *ils ont été justiciés*, mis à mort. La ressemblance de ce mot avec ἐδικαιώθησαν, ils ont été *justifiés*, avait abusé Verrès. Au reste δικαιόω a les deux acceptions.

Page 108 : 1. *Ex loco superiore*, suite de la métaphore commencée plus haut, *majores plagas*, etc., allusion à l'accusation de lèse-majesté. *Superiore loco* désigne ici la tribune aux harangues, d'où Cicéron, nommé édile, poursuivra Verrès, et, dénonçant ses attentats à la souveraineté du peuple, le signalera à la vengeance des Romains.

— 2. *Translator quæsturæ*. Allusion à la trahison de Verrès, lorsqu'étant questeur de Carbon, il abandonna ce consul pour passer du côté de Sylla, en emportant la caisse de l'armée.

Page 110 : 1. *Perpenna*. Assassin de Sertorius qui le remplaça quelque temps dans le commandement de l'armée (pag. 53, note 3).

Page 112 : 1. *Cosano*, de Cosa, ville municipale d'Étrurie.

Page 116 : 1. *Legesque Semproniæ*. Caïus Sempronius Gracchus renouvela, en 650, une loi que Porcius Lecca, tribun du peuple, avait déjà fait recevoir 150 ans auparavant. Cette loi défendait à tout magistrat de faire battre de verges ou de mettre à mort un citoyen romain, sans l'intervention du peuple assemblé par centuries, ou sans la condamnation préalable par les tribunaux, en vertu d'une loi spéciale. L'orateur dit *leges* au pluriel, parce que ce même tribun, C. Gracchus, avait fait recevoir plusieurs lois pour assurer l'état et la personne des citoyens contre les entreprises des magistrats.

— 2. *Tribunitia potestas*. En 672, Sylla, dictateur, avait renfermé

cette magistrature dans l'unique fonction pour laquelle on l'avait instituée. Il ne laissa aux tribuns que le droit d'opposition, leur ôta le droit d'appel, le pouvoir de convoquer le peuple et de porter des lois. En 683, Pompée, pour plaire au peuple, rétablit les tribuns dans toutes leurs prérogatives.

Page 118 : 1. *Tuis proximis,* vos voisins, c'est-à-dire vos défenseurs. Outre l'avocat plaidant, *patronus,* l'accusé était accompagné par des amis, des défenseurs *advocati* (*vocati ad causam*).

Page 124 : 1. *Quoniam dedit mihi potestatem agendi apud se.* On a vu plus haut que Cicéron était alors *ædilis designatus;* or, l'édilité conférait le droit de parler devant le peuple.

— 2. *Suis suffragiis.* Le crime de lèse-majesté était jugé par les centuries assemblées. *Kalendas februarias,* les kalendes ou le premier jour de février. Les *kalendes* étaient chez les Romains le premier jour du mois.

— 3. *Quos ego probarim,* etc. Dans les causes de concussion, l'accusateur présentait cent juges; l'accusé pouvait en récuser cinquante.

— 4. *Ut non cera sed cœno obliti esse videantur.* Cicéron fait ici allusion à un trait d'Hortensius qui, dans une cause importante, voulant s'assurer de l'exactitude avec laquelle les juges qu'il avait achetés rempliraient leur marché, leur avait fait distribuer des tablettes d'une couleur particulière. La traduction littérale serait ici presque inintelligible. On peut aussi expliquer ce passage en disant que les juges corrompus seraient moins flétris par la *cire* qui couvrirait leur nom sur les tablettes des censeurs, qui les effaceraient de la liste des sénateurs ou des chevaliers, que par l'infamie, *cœno,* de leur conduite.

Page 126 : 1. *Istam dominationem vestram.* L'orateur fait allusion ici à quelques hommes puissants, tels que Catulus, Hortensius, Curion, etc., qui prétendaient influencer les jugements, et qu'il menace de la colère du peuple.

— 2. *Aliud genus hominum,* etc. Sylla avait voulu qu'aux sénateurs seuls appartînt le droit de rendre la justice; mais, par suite de leurs prévarications, une réforme devint nécessaire. Aurélius Cotta porta, en 683, une loi qui décida que les juges seraient pris parmi les sénateurs, les chevaliers et les tribuns du trésor.

Page 128 : 1. *M. Catonis.* Porcius Caton le censeur, ennemi irréconciliable des mauvais citoyens. Il accusa quarante-quatre fois, fut accusé quarante fois, et toujours absous. A l'âge de quatre-vingt-dix ans, il accusa encore Galba.

— 2. *Q. Pompeius.* Quintus Pompéius Rufus, consul en 611. Le premier il donna de l'éclat à cette famille. On le disait fils d'un joueur de flûte.

— 3. *C. Fimbriam.* C. Fimbria, consul avec Marius, en 648.

Page 130 : 1. *Facere finem accusandi.* Mettre fin aux fonctions d'accusateur. Cicéron, depuis l'affaire de Verrès, consacra toujours son talent à la défense des accusés. Il ne fut plus qu'une seule fois accusateur. Ce fut après le procès de Milon : il accusa Munatius Bursa, qui avait été un des plus ardents persécuteurs de Milon. Il le fit condamner comme complice des factieux qui, pendant les funérailles de Clodius, avaient mis le feu à la salle du sénat.

Page 132 : 1. *E manibus regiis.* Cicéron désigne ici le candélabre enlevé par Verrès au roi Antiochus.

— 2. *Castor et Pollux.* Ces dieux avaient un temple sur la place publique de Rome ; ils pouvaient donc, comme le dit ici Cicéron, présider à tout ce qui se passait sur le Forum.

— 3. *Quorum e templo.* Verrès, préteur de la ville, chargé de recevoir en bon état le temple de Castor et de Pollux, avait exigé des réparations qui n'étaient pas dues, et de plus, les avait adjugées au prix de 560,000 sesterces, quoique celui qui devait les payer s'offrît à les faire pour 80,000.

Page 134 : 1. *Habuit semper indictum.* Il faut remarquer ici l'emploi d'*habeo*, qui répond à notre auxiliaire *avoir.* Il marque ici la continuité d'action. *Semper indixit* signifierait : *a toujours déclaré; habuit indictum* veut dire de plus qu'il l'a toujours *eue, maintenue, déclarée.*

— 2. *Fidem meam.* Mon devoir, c'est-à-dire mon exactitude à remplir les engagements contractés avec les Siciliens, mes clients.

www.ingramcontent.com/pod-product-compliance
Ingram Content Group UK Ltd.
Pitfield, Milton Keynes, MK11 3LW, UK
UKHW022106190726
13855UKWH00002B/682

9 782012 981348